JN185796

独裁者の子どもたち

スターリン、毛沢東からムバーラクまで

ENFANTS DE DICTATEURS

ジャン＝クリストフ・ブリザール＋クロード・ケテル［著］
清水珠代［訳］

原書房

独裁者の子どもたち——スターリン、毛沢東からムバーラクまで

独裁者の子どもたち——スターリン、毛沢東からムバーラクまで ✣ 目次

序文

彼らの名前はカルメン、フィデリト、スヴェトラーナ、李訥(リノ)……。歴史の教科書に彼らの名前は載っていない。しかしながら、彼らはいずれも、二〇世紀に最も影響を及ぼした独裁者たちの子孫であるという共通点を持つ。古くはムッソリーニ、スターリン、毛沢東、チャウシェスクから、現在も家系が存続する北朝鮮の金、シリアのバッシャール・アル＝アサドに至るまで。

独裁者の子どもたちは歴史的な瞬間を目の当たりにする境遇にあった。二〇世紀を自分のイメージ通りに作り上げようとした人物の私生活の一部だった。

しばしば怪物のごとく言われるこうした人物の新たな像を子どもたちはいとも鮮やかに見せてくれる。

素朴な疑問がある。スターリン、毛沢東、チャウシェスクのような人間は、独裁者としての一日が終わった後、子どもたちと触れ合う時間があったのか。この暴君たちは、家に一歩足を踏み入れれば、感情豊かな人間に戻ることができたのか。子どもたちは安定した環境で成長できたのか。現代世界に適応できるような社会性や情緒を育む土台は彼らに与えられたのか。

独裁者だった父親たちは意外な顔を見せるかもしれない。ページをめくると、抗日戦争のさなか、京劇の歌曲を歌う末娘に目を細める毛沢東がいる。強情な娘の結婚に反対できなかった人民の父ヨシフ・スターリンもいる。

しかしこれらは例外である。

心ならずも自由の利かないシナリオの役者となったこの子どもたちは、家系の存続を背負わされ、無垢な身を体制に捧げねばならなかった。父親である独裁者の個人崇拝に一役買わされ、権力者が国民に向けるべき「愛」の究極の形となり化身となった。独裁者の子どもたちが皆、この重圧的な役割を一様に理解したわけではない。

父親の敷いた体制を全面的に支持し、懸命にその遺産を守ろうとした者がいる。フランコの娘、チャウシェスクの娘、毛沢東の娘たちだ。

将来政権を引き継ぐため、父親の体制に進んであるいは無理やり引き入れられた者もいる。こうした独裁政権の世襲は稀であり、かつ不安定だ。北朝鮮の金一族だけは権力の維持に成功した。バッシャール・アル＝アサドは、一族の要請で父親の後を継ぐしかなかった。アサドはロンドンで眼科医を志したが、ダマスカスで残虐な独裁者となり果てた。

最後は自らの力を発揮し権力を引き継ぐ間もなかった者たちだ。将来の君主として育ち、父親の暴虐と独裁ぶりを刷り込まれた――サダム・フセインは二人の息子を幼いうちから処刑に立ち合わせたという――彼らは、父の後継者となる意志を固めながら成長し、兄弟間の権力争いに走り、あるいは体制の崩壊によって野望が打ち砕かれた。エジプトのムバーラク、イラクのフセイン、リビアのカダフィの子どもたちである。

父親の遺産を引き受け、我がものと主張する者もいれば、耐え難い重荷と感じる者もいる。後者の人々はひたすら身を潜め、血縁の絆を必死で断ち切ろうとする。スターリンの娘スヴェトラーナは父の死の数年後、冷戦のさなかに西側に移住した。アリナは、父フィデル・カストロの圧政下にある牢獄の島キューバの正面に位置するマイアミに移住し、父の面目を失わせた。

過去に縛られながらも、敢然と現在に向き合うこれらの人々の生涯が、詳しく踏み込んで語られることはほとんどなかった。しかしながら彼らの多くはまだ存命中であり、自らの見解を忌憚なく述べている。そこでこの共著の章ごとの執筆者として、歴史家や学者だけでなく報道記者にも依頼した。この本に関わった人々はすべて、執筆を担当した独裁者の専門家である。それらの国に住んだ経験があり、今なお滞在している執筆者も多い。独裁者の子どもたちすべての経歴を追っている章もあれば、兄弟姉妹の中で特に目立ち、あるいは父親との関係が深かった子どもを一人選んで書かれた章もある。執筆者たちは一次情報を得るために、独裁者の家族と近しい人や、支持派と反対派の双方に取材したりしている。

ラナ・パルシナは、「人民の父」の愛娘スヴェトラーナ・スターリンが亡くなる数年前、彼女に独占インタビューをしている。スヴェトラーナの証言は比類なく真実であり率直である。

この小さな扉から大いなる歴史の世界に入り、不幸にも独裁者の父、今や世界中が彼らに憎悪するよう望む父を持った子どもたちの運命を知っていただければと思う。

ジャン＝クリストフ・ブリザール
クロード・ケテル

第1章

スターリンの愛娘

ラナ・パルシナ

二五年以上にわたってロシアを率いたスターリンは歴史の主役の一人だった。「人民の父」と呼ばれ、ソヴィエト連邦の近代化を推進し、ヒトラーに打ち勝ったスターリンだが、強制収容所(ラーゲリ)を組織化し、統治を脅かすと疑われる存在はことごとく粛清し、ロシア全土を恐怖で震え上がらせたのも彼である。そのスターリンから三人の子どもの父親の顔を思い浮かべることは難しい。末娘のスヴェトラーナを可愛がっている姿などなおさら想像できない。とはいうものの……。

スヴェトラーナ・スターリンは一九二六年二月二八日に生まれた。ヨシフ・スターリンにとって目に入れても痛くない娘だった。ソヴィエト政権は事あるごとに彼女を優良児として公式写真に撮った。彼女は意気揚々と微笑む若い共産主義者の代表であり広告塔だった。しかしその笑顔の裏にはまったく別の現実があった(この章は二〇〇八年末にスヴェトラーナ・スターリンと筆者の間で行なわれた対談に基づいて書かれたものである)。

悲劇は子ども時代から

スヴェトラーナはスターリンの三人の子どもの末っ子で、二人の兄がいた。ヤーコフは最初の結婚のときにできた子でスヴェトラーナより一九歳も年上だった。ワシーリーは五歳年上だった。ワシーリーとスヴェトラーナの母親ナジェージダ・アリルーエワはヨシフ・スターリンの二番目の妻だった。スヴェトラーナとワシーリーはすぐに乳母に預けられた。両親は、幼いスヴェトラーナが生まれて四週間にしかならないときに、彼女が終生「ばあや」と呼ぶことになる女性を慎重に選んだ。「母に雇われたとき、

スターリンは一人娘スヴェトラーナ［1926–2011年］を非常に可愛がった。1935年のこの写真のスターリンは、9歳の娘に優しく父親らしい顔を見せている（© TopFoto / Roger-Viollet）

ばあやは四〇歳でした。父と同い年だったはずです。母は当時まだ二五歳でした。ばあやは誰が家で一番偉いか分かっていましたから、まず父に従いました。私に幾分ユーモアのセンスが残っているのはばあやのお蔭です。正直、両親がユーモアにあふれていたとは言えませんし、救われました」

スヴェトラーナは生まれてから三〇歳になるまでばあやと一緒だった。ロシアの善良な農婦だったばあやは彼女に自然を大切にする心を伝えた。また国民文学も教え、一九世紀ロシアの詩人ネクラーソフの作品を暗記させた。「家族みんな、ばあやのことが好きでした。ばあやは私たちのおばあちゃんであり、知恵袋でした。ばあやがいたから私は幸せでしたし、ばあやは私に愛情をいっぱい注いでくれました……」

ばあやから受けたような心からの素朴な愛を、母親から受けたという記憶はスヴェトラーナにない。しかしながらスヴェトラーナの人生を激変させたのは他ならぬ母ナジェージダ・アリルーエワだった。一九三二年一一月九日という日付をスヴェトラーナは生涯忘れることはなかった。

ヨシフ・スターリン［1878–1953年］

彼女がまだ六歳のとき、ソヴィエト政府は一〇月革命一五周年を祝った。その陰で、ナジェージダ・アリルーエワは誰にも知られず自室で頭に銃弾を撃ち込んだ。スターリンの妻の自殺は内密にすべき悲劇だった。六〇年もの間、公式には死因は虫垂炎とされた。スヴェトラーナとワシーリー以外では、ソヴィエトの最上層部だけが事実を知っていた。

これをきっかけにばあやはますます愛情をかけるようになり、二人の子どもはすがる思いだった。しかしどれほどばあやの愛情と優しさに包まれても、スヴェトラーナは喜びと快活さを失い、無口で気難しい性格になった。父親のようになろうとしたのだ。母親の絶望の末の行いを理解しようとせず、彼女は怒りをこめて拒絶した。スヴェトラーナから見て、自殺は弱い人間のすることでしかなかった。理由が何であれ、母は自殺によって兄たちも父もすべて裏切ったのだ。スヴェトラーナは決して母を許さなかった。

スヴェトラーナより年かさだったにもかかわらず、ワシーリーは母親の悲劇的な死に一層苦しんだ。彼はまだ一一歳の感じやすいひ弱な子どもだった。ナジェージダ・アリルーエワはワシーリーを可愛がり、何かにつけかばっていた。芸術や語学をじっくり教え込んだ。ワシーリーはドイツ語を習得し、音楽のレッスンを受けた。ナジェージダは子どもたちが芸術家になることを強く願い、ワシーリーには立派な映画監督になってほしいと期待をかけていた。母の自殺はワシーリーを徹底的に打ちのめした。

❖——大飢饉

スターリンの最初の妻エカテリーナ・スワニーゼは一九〇七年にチフスで亡くなった。一九三二年、スターリンは再び独り身になった。しかも幼い子どもが二人もいた。それまで、スターリンは留守がちで子どもと接する機会が少なかった。一九二四年にレーニンが死んでからは、スターリンが一億七〇〇〇万人を擁する世界一広大な国を率いてきた。妻の自殺は最悪のタイミングで起き、ソヴィエト連邦の歴史上最も血生臭いエピソードのひとつとなった。

国は土地の「集団化」の真っ最中だった。土地の私有は廃止され、コルホーズやソフホーズといった広大な国営農場に再編された。しかし何十万の農民は政治局の指令に勇気をもって反抗し、挙句の果て一斉にシベリアへ送られた。一九三二年から一九三三年にかけての大飢饉が始まったのは主にウクライナ地方だった。六〇〇〇万ないし八〇〇〇万人が命を落とした。モスクワから数百キロのところで、人々が野垂れ死にしていった。人肉を食べたり、わずかなじゃがいもをめぐって殺し合ったりする光景が見られたという……。

その頃、スヴェトラーナとワシーリーは公立の学校で学業を続けていた。スターリンは模範を示すことにあくまでこだわり、子どもたちにはいかなる特権も与えないことを誇りにした。他の児童とどのような点でも区別してはならなかった。もちろん必要不可欠なもの、つまり食料は例外だった。命にかかわる贅沢だからだ。スヴェトラーナとワシーリーは空腹になればクレムリンの厨房で食べ、様々な高級食品にありつくことができた。

二人はモスクワの宮殿の壁に守られ、飢えに苦しむことはついぞなかった。父親の一筆あるいは電話一本で、いくつもの村全体の生死が決まることを二人は知っていたのだろうか。スヴェトラーナとワシーリーには想像もつかない世界だった。「お父さん」は苛々したり厳しくしたりすることはあっても二人に暴力を振るうことは決してなかった。

❖――二人の兄は犠牲に

「独り身になったとき、父は私たちをどうやって育てればいいのか困り果てました」

と、スヴェトラーナは述懐している。

「そこで父は勉強と読書を通して私たちを鍛えることにしたのです。私は本を読むのが大好きでしたが、ワシーリーは正反対、学校も嫌いなら読書も嫌いでした。ですから父はワシーリーを軍隊に送り込むことにしました。もっとましな人間になるだろうと思ったのですが、まったく見込み違いでした。兄は軍隊でお酒を覚えたのです」

ワシーリーはいやいやながら空軍のパイロットになった。同じ連隊の将校が皆そうだったように、彼もほろ酔い状態で離陸するのが常だった。酒を飲むと飛行のストレスをごまかせた。ワシーリーはこの酒気帯び操縦を「ゆるネジ」と呼んでいた。連隊の仲間のほとんどは大柄でがっしりと屈強な田舎者だったが、ワシーリーはどちらかといえばひ弱で神経が細かった。だが有能なパイロットになれなかったのはそれが原因ではなかった。

彼はアルコール、特にウォッカに弱く、その影響は同僚の比ではなかった。彼は三〇歳ですでにやつれ果て、顔が変わり、むくんで老けていた。会話もおぼつかなかった。暴力を振るうことが多くなり、彼の子どもたちさえ彼を恐がった。サーベルに似たコサックの武器で子どもたちを追い回したりするとなおさらだった。兄は気が触れたとしかスヴェトラーナには思えず、なすすべもなかった。

しかしながらスターリンの三人の子どものうちで、父親の振る舞いに最も苦しんだのはワシーリーではなく長男のヤーコフだった。ヤーコフは一九〇七年三月一八日に生まれ、ワシーリーとスヴェトラーナの異母兄で、スヴェトラーナより一九歳も年上だった。年が大きく離れていたにもかかわらず、スヴェトラーナはヤーコフを非常に慕っていた。ヤーコフは、父親の激昂から彼女を守ろうとする数少ない人々の一人だった。スヴェトラーナは語る。

「一九四一年にヤーシャ（ヤーコフの愛称のひとつ）は戦争に行きました。その頃兵士はまだ昔の型のソヴィエト連邦の軍服を着ていました。父は伝統にこだわる方でしたから、一九四二年にロシア帝国の制服を復活させたのです。この決断で兵隊の士気は上がりました。ヤーシャは砲兵学校で学んでいました。卒業するとすぐ、同期生全員とともに巨大な榴弾砲を携えて前線に送られました。ドイツの侵攻が始まっていたのです。ナチスが通った後は何もかも壊滅状態でした。兄の師団はあっという間に敵に包囲されました。ヤーシャは中尉でした。砲兵隊の将校は自軍の大砲をドイツに引き渡してはならなかったのです。逃げるくらいなら死ぬのが義務でした。だからヤーシャは他の兵士と違って踏みとどまって、捕虜にされました。ヤーシャは誠実で穏やかで謙虚でした。ドイツの捕虜収容所に二年間入れられました。ナチスはドイツのあちこちで兄を市場の動物のように見世物にしました。ほら見ろ、スターリンの息子だと言って……。一九四三年一月末に、今度はドイツの元帥パウルスと将官たちがソ連軍の捕虜になりました。スターリングラードでソ連が勝った時です。ドイツはヤーシャと引き換えに、パウルス元帥と将官たちの解放を提案してきました。もちろん父は撥ねつけました。

ヤーコフ・ジュガシヴィリ
［1907–1943年］

傲慢な人でしょう」

兄がドイツの捕虜になったと知ると、スヴェトラーナはすぐに兄の娘の幼いグーリャを引き取って面倒を見た。スヴェトラーナにしてもまだ一五歳だった。彼女は二度と兄に会うことはなかった。

「ヤーシャがどんな風に死んだのか、私たちには分かりませんでした。収容所の電気鉄条網に突進して自ら命を絶ったと言う人もいますし、処刑されたと言う人もいます。とにかく、解放されたにせよ脱走したにせよ、シベリアに送られて収容所に入れられるだけだったでしょう。それがドイツの捕虜収容所にいたソヴィエト兵に対する扱いでした。彼らは警戒されていました」

❖――戦争のさなかに

戦争の嵐が吹き荒れた。スヴェトラーナはどんなことにも驚かなくなった。クレムリンの囲いのなかで、わずかな間に友人たちが何の痕跡も残さず消えていった。粛清が着々と沈黙のうちに行なわれた。そのような不安な状況のなか、少女スヴェトラーナは初めて恋をした。きっかけを作ったのはワシーリーだった。相手は三九歳の映画監督だった。アレクセイ・カプレルといい、ソ連中に名が知れ渡っていた。

母が夢見た通り、ワシーリーはその数年前から映画を手掛けるようになり、すっかり得意顔だった。ソヴィエトの芸術家の世界を隅々まで知った。ワシーリーはドキュメンタリーの制作を手掛けるまでになった。第三二師管区の戦記のようなもので、ワシーリーはシナリオ、照明、この師管区の歌にいたるまであらゆる企画を立てた。ワシーリーの家に芸術家が何人も招かれ、宴会が開かれることが多くなった。一九四二年、そうした機会に、スヴェトラーナはアレクセイ・カプレルに出会った。名監督カプレルはピカピカの鎧兜を身につけ、騎士に扮して現れた。

「彼はダンスがとても上手だったのを憶えています。彼の映画は大好きでした。つまり恋をしたのです。一七歳という年頃は誰でも好きになるものでしょう。最初に目の前に現れた人を好きになる。まさにそれでした」

しかしソヴィエトの指導者の一人娘と付き合うことには危険が伴う可能性があった。スヴェトラーナは常に父親のシークレットサービスに見張られていた。カプレルは当然それに気づいた。ある友人が彼に、スヴェトラーナが近寄って来るのを相手にすべきではないと耳打ちしたのである。

「彼の親しい友人たちは、私と別れろと言っていましたが、彼は聞く耳を持ちませんでした。

騎士の役を演じようとしたのです」。それ以降の話になると、スヴェトラーナはいつも言葉を濁す。父がカプレルを一一年近くも強制収容所に追いやったことは理不尽以外の何物でもない。もちろん表向きは、この収容所送りは二人の恋愛とは何の関係もないかのように処理された。カプレルはイギリスのスパイとして起訴された。彼がようやく自由の身となり汚名をそそぐことができたのは、スターリンの死後の一九五四年だった。

「労働キャンプから帰ってきたとき、カプレルは別人になっていました。私もすっかり変わっていました。彼は人生に疲れ切った顔をしていました。もう五〇歳でしたし、心安らかに生涯を終えることしか望んでいませんでした。私は三〇近くなっていて、二人の子どもを連れて離婚していました。彼が愛した一七歳の娘の面影はどこにもありませんでした」

アレクセイ・カプレルはスターリンの命令でスヴェトラーナの人生から抹消された。他の多くの求婚者も同様だった。

✣──尊敬と競争

スヴェトラーナはそれでも父を恨む気になれず、父が正しいのだと思った。晩年、彼女は伴侶とした男たちについてこう述べている。

「私の夫たちはまるっきり凡人でした。離婚するたび、また自由になれたと嬉しかったものです」

スターリンは、数世代にわたって世界に影響を及ぼすような決定を毎日のように行なった。父のような力のある男の陰で育ったスヴェトラーナには、それが常態だった。他の男はまさに「凡人」としか思えなかったのも無理はない。

子どもの頃のスヴェトラーナは、ソヴィエト政権で最も恐れられた指導者の一人、ベリヤの膝の上に乗り、ナチス・ドイツの包囲に抵抗しレニングラードを守り抜いた軍人「ヴォロシーロフおじさん」と遊んだ。ヴォロシーロフはとても優しいけれど無頓着過ぎるし、ブジョーンヌイ元帥のことは「馬のことしか知らない単細胞」だと彼女は思った。何万人もの人々の血に手を染めた、この歴史に残る面々に幼くして接したことを思うと寒心に堪えない。

なかでもラヴレンチー・ベリヤはスターリンの手足となり、恐るべき政治警察のＮＫＶＤ［内務人民委員部］を陰で牛耳る権力者であった。スターリン体制に張り巡らされた偏執狂的抑圧システムの責任は、この男にあるとスヴェトラーナは後に語っている。スヴェトラーナは父親が何百万という無辜の民の殺戮を放置したことを認めようとしなかった。スターリンがすべて知っていたはずはない、と彼女は信じた。

スヴェトラーナの性格は父親譲りだった。横柄で頑固で、他人はもちろん自分自身にも厳しかった。彼女は成人するかしないかのうちに車の運転ができるようになった。当時、運転という特権を手にする女性は珍しかった。車を持っているというだけでも法外な贅沢だったソヴィエト連邦ではなおさらだった。スヴェトラーナが、私はもう運転できるのよと報告しても、習ったことのないスターリンは信じられなかった。スヴェトラーナは本当だという証拠を父に見せたいと言い張った。その時のことをスヴェトラーナはしっかり憶えている。

「ソ連で一番人気のあったエムカという車でした。父は私の隣に座り、いかにも嬉しそうでした。父の護衛が手にピストルを持って後ろの席に乗りました。どうしてピストルなど持っていたのか分かりませんが、気にしませんでした。本当に嬉しかったからです。父のできないことが私にできるなんて、信じられないことでした。私に運転ができて、父はできないなんて」

生まれて初めてスヴェトラーナは、偉大な父より自分の方ができるという感覚を味わった。しかし、この父親を超える喜びや自己主張の欲求を捨てなければならないことをすぐに彼女は知ることになる。

スターリンは、たとえ可愛い娘が相手でも、自分が力の弱い立場になることに耐えられなかった。たとえばスターリンは国家元首が公式訪問する際、スヴェトラーナを同席させようとしなかった。たった一度、彼女はモスクワでチャーチルに紹介されたことがあるが、それきりだった。一九四五年二月一一日のヤルタ会談で、スターリンはローズヴェルトとチャーチルを迎え、第二次世界大戦の終結と戦後の見通しについて話し合った。チャーチルとローズヴェルトは子ども同伴で来たし、外交儀礼(プロトコール)ではスヴェトラーナも出席するはずだった。

「私も招かれていたと知ったのは随分後になってからでした」

と、スヴェトラーナは振り返る。

「私にそう教えてくれたのは父の通訳をした官吏でした。父は私の代わりに返事したのです。大学の勉強が忙しくて無理だと言い訳しました。私に断りもなく。私にいてほしくなかったからそういう対応をしたのだと思います。自分は英語ができないのに、私が完璧に英語が話せるのを知っていましたから」

❖――二人の夫、二度の失敗

結局、ソヴィエトの最高権力者の娘ということで得することはほとんどなく、束縛の方が多かった。不運なアレクセイ・カプレルの身に何があったかを知ると、敢えてスヴェトラーナと付き合おうとする男はほとんどいなかった。恋人がことごとくソヴィエト体制下の監獄に追いやられるのを防ぐためには、彼女が先手を打って父親と対決する勇気を持たねばならなかった。スヴェトラーナは自分がスターリンの子どものなかで一番のお気に入りだということを知っていた。一九四五年、彼女が結婚する決心をしたとき、世界最強の権力者の一人でありナチスを打ち負かした偉大なスターリンは、折れるしかなかった。スヴェトラーナはまだ一九の小娘だったのに。

「最初の夫はグリゴーリ・モロゾフでした。彼はユダヤ人だったので第二次世界大戦のときソヴィエト軍に入隊しませんでした。そのため父は彼に会おうとせず、二人は一度も顔を合わせずに終わりました。父は私に、『畜生、好きなようにしろ。だが私は会いたくもない』と言っただけです。グリゴーリとの間に生まれた息子ヨシフは三歳と七歳のときの二度しか父に会っていません」

息子に同じヨシフという名前をつけたところでスターリンの気持ちは変わらなかった。結婚してわずか二年の一九四七年にスヴェトラーナが離婚の決心をしたとき、スターリンは早速この許し難い結婚の証拠を隠滅した。娘は「配偶者有」の記載のない未婚者のパスポートを再び手にしたのである。

二度目の結婚のとき、スヴェトラーナは父親に任せることにした。スターリンは腹心の部下、アンドレイ・ジダーノフの息子に白羽の矢を立てた。彼は冷戦の理論家だった。時は一九四九年、スターリンは老いていた。スヴェトラーナは父をがっかりさせたくなかったが、今度の結婚も失敗だった。二人はお互いに耐えられず、たった一年で別れた。

「娘のカーチャが生まれてすぐ二度目の夫の元を離れました。出産で疲労困憊でした」。

スヴェトラーナは二五歳だったが、すでに度重なる苦労でやつれ果てていた。兄のヤーコフがナチス・ドイツの捕虜収容所で殺され、ワシーリーはソヴィエト将校だったがアルコール中毒でうつ状態だった。スヴェトラーナは自分がスターリン家の名に相応しいとは思えなかった。

「父はもう老人でした。兄や私が頭角を現しそうにないと見抜いていて、すっかり失望していました」

スヴェトラーナ自身、まったく凡人だと自覚していた。彼女が出会い、愛せなかった男たちと同様に。

❖――狙われる標的

スヴェトラーナにとって、父の存命中ですらスターリンという名は重荷だったのに、父の死後ますます重く感じられるようになった。生前、ヨシフ・スターリンはソヴィエト体制に偏執狂的神経症をはびこらせた。彼が常に始動させる怒りや流血の粛清と無縁な者は一人もいなかった。一九五三年三月五日、スターリンの急死によって、国中の多くの命が救われることになる。だが、スヴェトラーナとワシーリーにとっては父の死が災いの始まりだった。スターリンの遺体の防腐処理もされないうちに子どもたちは狙われる標的となった。とはいえスヴェトラーナとワシーリーは政治に関わってはおらず、関わる気もなかった。しかしソヴィエト連邦の最高ポストを狙う者たちにとって、彼らの名前は命運に関わる脅威だった。

スターリンの死からわずか一か月後、ワシーリーは「赤い皇帝（ツァーリ）」スターリンの腹心だった「べリヤおじさん」の命令で逮捕された。子どもだったスヴェトラーナを膝の上に抱いたあのべリヤである。お粗末な裁判に引き出されたワシーリーはいくつもの国家反逆罪の自白を強要され、重屏禁刑務所で八年の懲役を科せられた。スヴェトラーナはその後一度しか兄に会えなかった。一九六一年、ソ連の新しい指導者ニキータ・フルシチョフが、釈放の数か月前に兄と妹の面会を許可した。スターリンの後継者たちが依然として国の指導者たちを脅かしていたので、面会はあくまで内密にせねばならなかった。スヴェトラーナは兄との面会の内容については何も言わなかったものの、出て来た時の彼女は顔色をすっかり変えていた。

八年の刑に服したワシーリーは再び自由の身となったが、スターリンという名を再び名乗ることはなかった。二度と監獄行きにならないよう、スターリン姓を捨て、ヨシフ・スターリンの本当の名字であるジュガシヴィリと名乗り、よそ者を受け入れない「閉ざされた」町カザンで無名のまま暮らした。一年後の一九六二年、死んでいるのが発見された。死因はアルコール中毒だったと公式に発表された。

スヴェトラーナがワシーリーのような罰を受けなかったのは、父親の死に際して思いもよらぬ対応をしたからだ。彼女はアリルーエワという母の名前を名乗ることにしたのである。しかしワシーリーが死んだとなれば再び身に危険が及ぶ恐れがあった。スヴェトラーナがたとえスターリン姓を捨てていようと、ソ連では共産主義指導者の最後の子であり象徴だった。こうした理由で、彼女はスターリンの遺産の一部であり、依然として脅威だった。

✣――冷戦真っただ中、前代未聞の行い

スヴェトラーナは生き延びるため、国を出なければならなかった。ようやく国外脱出がかなったのは一九六七年だった。政治局が外国、正確にはインドへ行くことを特別に許可した。四年間事実婚の関係にあったインド人外交官と死別した彼女は、彼の散骨をするためインドに赴いた。二度とないチャンスだった。スヴェトラーナはここぞとばかりアメリカ大使館に政治的亡命の請願書を出した。スターリンの娘が敵の軍門に降ったのだ！　当時この離脱はアメリカのイデオロギーの勝利とされた。四一歳になっていたスヴェトラーナにとっては生

き残ることが先決だったのであり、何の計画性もなかったことを後で自覚することになる。彼女はソ連に残してきた子どもの写真すら持たず、着の身着のままアメリカ大使館に駆け込んだ。亡命して一七年後の一九八四年にようやく子どもたちと再会した。

「アメリカに行ったとき、私が父についての意見をはっきり述べ、共産主義を告発するのではないかと皆が期待しました。早い話、私は共産主義から資本主義に寝返ったというわけなのでした。ソ連から逃亡したということは、反体制派だということになると言われました。皆そう思いたがっていたのです。私は逃げはしましたが、転向したわけではありません。そもそも共産主義者でも資本主義者でもないのですから。軍隊や権力を誇るような政府を持つあの二つの国は、どちらも嫌いでした」

アメリカに着いたとき、スヴェトラーナは疲れていた。彼女は仏教に改宗し、政治利用を一切遠ざけてひたすら平穏な生活を送ろうとした。とはいえアメリカ市民となったスヴェトラーナはどうしても米国民の関心の的となり、テレビ局から引っ張りだこだった。有名人の彼女は二冊の本を書き、ベストセラーになった。一九六七年に自伝『友への二十の手紙』［邦題『スベトラーナ回想録』新潮社刊］、一九六九年にソ連脱出の物語『たった一年で』を出版した。一九七〇年には再婚した。最後の結婚だった。スヴェトラーナは四四歳になっていた。今度彼女が選んだのはアメリカ人の有名建築家、ウィリアム・ピーターズだった。

「夫の周りの人たちは皆、父はスイスに財産を隠し持っていたと信じていた。それは違う。父は社会主義者で必要なものしか持たない人だった。お金に興味はなく、自分の子どもにも大したものは与えなかった。スイスに隠し口座があったという話はお笑い種だ。私がウィリアムの借金の肩代わりをしたのは本で稼いだお金があったからだ。彼は五〇万ドル近くの借金があった。私もお金にはまったく無頓着で、わずかなもので生きていけるたちだ。私に隠し財産がまったくないのを知ると、誰も私に興味を持たなくなった。ウィリアムとの間にはオーレチカという娘が生まれた。そのことだけは彼に感謝している」

と、スヴェトラーナは書いている。いずれの結婚もそうであったように、今回もすぐに破局を迎えた。一九七三年、二人は離婚した。

スヴェトラーナは最後の夫の名字を離婚後も名乗り続けることにした。ファーストネームもラナに変え、ラナ・ピーターズになった。この最後の名字とともに彼女は生涯を終えた。財産もなく、歴史の舞台からも消え、最初の子、ヨシフとカーチャの二人にも顧みられず、スターリンの娘は二〇一一年一一月にウィスコンシン州の奥地の老人ホームで亡くなった。八五歳だった。

周囲の人々は、彼女が誰かということも、彼女に絶えずつきまとった過去のこともまったく知らなかった。珍しく来客があると、彼女は小さな部屋に迎えいれ、古ぼけた写真を見せていた。父親の思い出を大切にし、それに相応しい生き方をしながら、彼女は人生を台無しにされたことをくよくよ嘆いたことはなかった。

「キリスト教では父親の罪の償いには三代かかるそうですよ」

第2章

父に楯突いた反抗的な娘

ミシェル・オスタン

ベニート・ムッソリーニは一九二二年に政権を掌握し、一九二五年、イタリアにファシスト党による一党独裁制を確立した。彗星のごとく現れ最高権力者の座に上りつめた統帥ムッソリーニは、ドイツと同盟を結びイタリアを第二次世界大戦に巻き込んだ。一九四三年七月二五日に失脚したものの、ナチス親衛隊に解放され、ナチスによって傀儡国(サロ共和国)の首班に据えられた。

イタリアのレジスタンス活動家によって捕らえられたムッソリーニは一九四五年四月二八日に処刑される。エッダは目の中に入れても痛くない彼の愛娘だった。エッダが驚くほど父親似だったことは確かだ。熱愛、嫉妬、独占欲、駆け引きが渦巻く親子の関係はやがてギリシャ悲劇の様相を呈した。エッダの心には、夫ガレアッツォ・チャーノを死なせた張本人である父親への愛と憎しみがせめぎ合っていた。

貧しい農家に育ったラケーレ・グイーディは、ベニートの父アレッサンドロ・ムッソリーニの愛人の娘だった。ベニートとラケーレは生まれ故郷のエミリア＝ロマーニャ州プレダッピオ市ドヴィア地区の小学校で出会った。

一九〇九年一〇月末、ベニートはラケーレとフォルリで世帯を持った。一年も経たない一九一〇年九月三日午前三時、二〇歳のラケーレ・グイーディは女の子を産んだ。ベニートが

アドリア海の浜辺で休暇を過ごすムッソリーニ一家。ムッソリーニがくつろいだ顔を見せることができるのは長女エッダ（右端）くらいだった（© Albert Harlingue / Roger-Viollet）

娘の名前を選んだ。娘はエッダと名付けられた。エッダは父ベニート・ムッソリーニ、母不明の婚外子として届け出られた。

❖――「私が愛した女は沢山いる」

エッダが生まれ、胸ふくらむ思いのベニートは、気力も充実し、新たな気持ちで政治活動に打ち込んだ。娘のこともあれこれ世話を焼き、自分で木製のゆりかごを買いに行き、肩に担いで帰ってきた。反教会主義を理由に、彼は娘に洗礼を受けさせなかった。一九〇九年から一九一〇年にかけてフォルリで過ごした年月は、貧しさと失意の日々だった。当時、まだベニートはしがないジャーナリストであり自由奔放な気質の革命家に過ぎなかった。エッダはベニートによれば「貧乏っ子」だった。

ベニートとラケーレは当初同棲生活だった。古典的なラブ・ストーリーとは無縁のベニートは三〇歳のイーダ・ダルセルとも関係を持ち、彼女との間に一九一五年一一月一一日ベニート・アルビーノが生まれた。一九一五年一二月一七日、ベニート・ムッソリーニはようやくラケーレ・グイーディと民法上の結婚手続きをした。前線で負傷して入院していた時である。統帥になっていた一九二八年に出版した『わが人生（La mia vita）』には、「私はかなり波乱万丈の青春を送った。私は人生の善も悪も知った。私が愛した女は沢山いるが、遠い昔の数々の恋愛は忘却のヴェールに覆われている。今私が愛しているのはラケーレであり、彼女も私を深く愛している」とある。

そして実際、イーダ・ダルセルと、一旦認知されながら後に否認された息子は忘却の憂き目にあった。ムッソリーニが結婚を約束していたイーダは妻と称して次々と騒ぎを起こした。ムッソリーニはそれを口実にイーダをヴェニスのサン・クレメンテ精神科病院に押し込んだ。イーダは一九三七年に亡くなった。ベニート・アルビーノは海軍に入り、中国に派遣された。その後のことは諸説入り乱れる。中国で死んだという説もあれば、帰国後入院させられ、一九四二年にやはり精神科病院で亡くなったという説もある。マルコ・ベロッキオ監督は二〇〇九年公開された映画『愛の勝利を――ムッソリーニを愛した女（Vincere）』で、この母子の悲劇的運命を描いた。

❖――模範的家族

ラケーレとベニート夫婦には五人も子どもがいたが、ムッソリーニが最も手を掛けたのはエッダであり、下の子たちにはあまり接する時間がなかった。二〇歳でパイロットになったヴィットリオ（一九一六―一九九七）はエチオピア戦争（とスペイン戦争）で殊勲を立てた。映画に夢中だった彼は演出や制作にも手を染めた。戦後、アルゼンチンに移住したが一九六七年イタリアに帰国し、一九九七年に亡くなった。

次男のブルーノ（一九一八―一九四一）も戦列パイロットで飛行に熱中していた。彼は一九四一年爆撃機飛行隊を指揮した。一九四一年八月七日、不時着で帰らぬ人となった。

三男のロマーノ（一九二七―二〇〇六）は戦争が始まった時、まだ一三歳だった。ジャズや絵画関係の仕事に就き、ソフィア・ローレンの妹のアンナ・マリア・シコローネと結婚した。彼は二〇〇六年、ローマで亡くなった。娘のアレッサンドラ・ムッソリーニは一九六二年生まれで政治家であり、現在はフォルツァ・イタリア党（中道右派）に所属している。

末っ子のアンナ・マリア（一九二九―一九六八）は子どものときポリオに罹った。彼女は一九六〇年に芸術家と結婚し、二人の娘、シルビアとエッダを産んだ。娘たちは二人とも

エッダ・ムッソリーニ［1910–1995年］（左端）

ベニート・ムッソリーニ［1883–1945年］

ネオファシストとして政治に携わっている。
　親しい間柄では「キレッタ」、イタリアのファシストからは「ドンナ・ラケーレ」と呼ばれたラケーレは、夫の浮気癖にもかかわらず、貞淑で模範的な妻であろうとした。後に彼女もロマニア地方［イタリア北東部］の男と関係があったことが判明した。彼女は回想録に書いている。「最も女たちを惹きつけたのは何といっても彼のあの眼差しだった。私はまさにあの眼差しに若い頃から騙されてきたのだ。そして堂々とした風貌、うっとりすると言う人もいる低くて美しい声。しかし一旦虜になると忘れられないのは彼の荒っぽさだった。すべてのイタリア人同様、女はある程度以上の社会的地位についてはならないし、女は家にいるべきだと彼は考えていた」

❖──「じゃじゃ馬」

　エッダが子どもの頃は、父親が政界で出世するにつれ、環境が次々激変した。エッダが生まれてから一二歳になるまでの間に、ムッソリーニはしがないジャーナリストからファシズム革命家に変貌し、ついにイタリア政府を率いる統帥（ドウーチェ）になったのだ。赤貧洗うがごとき環境に生まれたエッダは、子ども時代に目まぐるしい階層的上昇とそれに伴うさまざまな変化を経験することになる。

飽くなき権力の追求で頭がいっぱいだった頃でさえ、ムッソリーニは下の子どもたちよりはるかにエッダと長い時間を過ごし、大事にした。娘を非常に可愛がり、その熱愛は冷めることはなかった。

子どものエッダはあまり優しくない母と娘びいきの父の間で揺れ動いた。母は「じゃじゃ馬」とあだ名をつけた娘に言うことをきかせようと躍起になるばかりだったし、父は可愛がってくれるものの不在がちだった。ベニートは時折気まぐれな父親ぶりを見せた。夜中にわざわざ娘を起こして音楽をかけながら寝かしつけたり、夜遅くに自分の新聞社に娘を連れていったりした。厳しいときもあり、四歳になるとヴァイオリンを習わせることにこだわった。一回のレッスン料は一〇リラだった。当時のつましい家計には痛い出費だったが、ムッソリーニは娘のためには何も惜しまなかった。

ムッソリーニはエッダの「男勝り」な面を伸ばし、「男らしい」躾をすることに熱中した。決して泣いてはならず、恐怖に打ち勝つようにならねばならなかった。一五歳のときにはエッダは仲間のリーダー的存在であり、友人が溺れるのを救ったこともある。父親は感激のあまり、娘に褒美としてメダルと賞状を与えた。

✣――情熱的な性格

ムッソリーニは可愛い娘の言うことは何でも聞いた。ただし思春期を迎えた娘が自由を求め、お洒落や男の子に関心を持ち始めるとなれば話は別だった。エッダはこっそり化粧をし、借金してまで香水や口紅や流行の服を買った。これがばれて、エッダは一九二四年の新学期からフィレンツェにあるイタリアきってのお嬢さん学校の寄宿舎に入れられた。サンタ・アヌンチアータ王立女学院は名門とのもっぱらの評判だった。しかし活発ではっきりした性格のエッダは堅い校風に馴染めず、すっかり嫌になり、挙句の果てに勉強する気を失くした。もともとあまりなかったのだが。

一年後、父親はエッダを退学させた。もうやめたい、と彼女が言ったからかどうかは分からない。一九二五年、五人の子どもに最高の教育を受けさせるため、ムッソリーニ家はミラノに引っ越した。父親が「一般人から隔離する」ことを望まなかったので、子どもたちは公立の学校に入った。エッダはパリーニ高校に入学したものの、卒業はしなかった。

一九二九年、一家はローマのトルロニア邸［旧トルロニア公爵邸］に移った。頭が切れて魅力的で我が儘放題のエッダは、情熱的な性格そのままに、度々恋愛沙汰を起こした。しかしやきもち焼きの父親ムッソリーニは気が気でなく、陰で手を回して一部始終を念入りに監視した。警察に娘を尾行させ、郵便物まで開封したのである。一九二八年夏、エッダはすでに、アドリア海沿岸のカットリカ〔リゾート地〕の駅長の青年と付き合っていた。青年はまもなくシチリア島に異動させられた。

翌年やはりカットリカで、別の二人の恋の相手がファシスト党警察に立ち退きを命じられた。もちろんエッダはこのような監視に到底我慢できず、派手な交遊を繰り返しては父親をやきもきさせた。アドリア海の浜辺では見逃されても、ローマではスキャンダルになる恐れがある。根負けした父親は娘を結婚させることを考えた。

婿を探して

ムッソリーニは妹のエドウィジェに申し分のない婿探しを任せた。エドウィジェはフォルリの実業家の息子、ピエル・フランチェスコ・オルシ・マンジェリなる人物を名誉ある花婿候補としてようやく見つけ出した。エッダはマンジェリをつまらぬ男だと思ったが、これで父親の監視から逃れられるものと期待し、嫌だとは言わなかった。二人は正式に婚約した。にもかかわらず、婚約者が大学の最終学年を終えるためリエージュに戻っている間に、エッダは地位も財産もないユダヤ人の若者とこっそり付き合った。別れるよう命じられたエッダは若者と縁を切り、悲しませた婚約者と恥ずかしげもなくよりを戻した。

二人はゴールインしたかというと、否である。トルロニア邸での食事会で、マンジェリは大胆にも、エッダの持参金はいくらかとムッソリーニに尋ねたのだ。かっとなったムッソリーニは、娘に持参金など持たせぬ、妻ラケーレもなかったのだからと言い返した。二度と我が家の敷居をまたぐなとマンジェリは言い渡された。

エドウィジェがお役御免となったので、今度はムッソリーニの弟アルナルドが婿探しをすることになった。娘に最良の配偶者を望んでいたムッソリーニは、貴族、いやいっそ王族でも似つかわしいのではないかと考えた。しかしながらこの案をファシスト政権下のイタリアで主張するのは難しそうだった！　アルナルドはようやく二六歳の青年外交官、ガレアッツォ・チャーノを見つけてきた。チャーノの父は第一次大戦の時の提督であり伯爵であり筋金入りのファシストだった。ムッソリーニ政権の閣僚を務めた側近でもあった。ガレアッツォは鋭敏な知性がありながらもご都合主義者だった。

エッダの最初の婚約が破談になって間もない一九三〇年一月末に二人は初めてパーティで会った。ガレアッツォの堂々たる体格と会話のセンスの良さに一九歳の若いエッダはすっかり夢中になった。当時エッダはキコなる男とさかんに付き合っているという噂が流れていたが、彼女は別れるつもりになっていた。

それから間もない一九三〇年二月一五日、ガレアッツォはトルロニア邸で、エッダとの結婚を許してくれるようムッソリーニに頼んだ。ムッソリーニがすんなり頷いたのに対し、ラケーレは未来の婿に我が子のことを包み隠さず伝えた。

「あの子が何もできないことをご承知おきください。あの子の性格は言わぬが花です」

結婚式は一九三〇年四月二四日に行なわれた。黒い制服のファシストたちがローマのサン・ジュゼッペ教会の入口に表敬の列をなし、新婚夫婦の頭上に短剣のアーチを作った。その後五〇〇人以上の招待客を集めた公式の披露宴が開かれた。ラケーレとムッソリーニは二人ともパーティなど大の苦手だったが、ほっと胸を撫で下ろした。何しろ手の焼ける娘がやっと片付いたのだから！

メディアはファシズム体制の象徴として二人の結婚の祝賀記事を載せた。二人はカプリ島に新婚旅行に出かけた。エッダが自分のアルファ・ロメオを運転した。ムッソリーニは、ローマから三〇キロほど離れた、孤立した岩山にある村、ロッカ・ディ・パパまで車で一緒に行

ガレアッツォ・チャーノ［1903–1944年］

くと言ってきかなかった。ムッソリーニは「今生の別れの涙を静かに流せるよう」そこにとどまった。自分にそっくりの愛娘がもういなくなると思うと胸が張り裂けんばかりだった。

✣――幻滅のとき

数か月後、ガレアッツォは上海総領事に任命され、二人は中国に行った。エッダはパーティと旅行三昧の華やかな社交生活を期待した。しかし問題は多々生じた。新妻エッダが息子ファブリツィオを身ごもった妊娠七か月のとき、夫の浮気が発覚した。夫婦は一九三三年六月にイタリアに帰国した。エッダは不覚にも妊娠したため、ライモンダ、マルツィオと立て続けに生まれた。

ローマで、チャーノ夫婦は諍いが絶えなくなった。ガレアッツォはエッダの服装が挑発的だと言い、賭け事ばかりしていることを責めたてた。上海でブリッジやポーカーを覚えたエッダはイタリアでも賭け事に熱中し、大金をすった。中国から帰国してわずか数週間後、エッダは父親の私設秘書に手紙を書いた。

「セバスチャーニ様　可能でしたら、父と主人に気付かれないように、一万五〇〇〇リラをお送りください」

借金はその後も同じように埋め合わせをされた――ムッソリーニの同意のもとに。

エッダはファシストの当世風の側面をすべて一身に集めたような女性だった。イタリアでいち早く車の運転を覚え、パンタロンやビキニを身につけた女性の一人だった。人前で煙草を吸い、『霧の波止場』のミシェル・モルガンばりにベレー帽をかぶって見せ、時にはいかがわしい場所でダンスしてウイスキーを飲み、品のない言葉を使ってふざけた。

とはいえエッダは優雅で、にじみ出る気品のようなものがあった。だが彼女は、ガレアッツォがしきりにつきあいたがるローマの貴族たちが大嫌いだった。彼女は年寄り連中を死ぬほど退屈だと思い、失礼な振る舞いをした。いつも不満そうでめったに陽気な顔をしないエッダは扱いにくい変わった女性だと思われた。公式行事の際もうんざりした様子を漂わせるので、いっそ欠席してくれればいいのにと思われていた。貴族階級のいかにも「お上品な」婦人たちに交じって、エッダは場違いな態度で高位聖職者たちの挨拶を受けた。彼女の我が儘ぶりには皆閉口した。

我が道を行き、「何と言われようと」気にしない性格のエッダは、自分も不倫の関係を持つことで夫の不貞にしっぺ返ししようとした。付き合った愛人たちとは他愛もない関係に終わったが、一九五〇年代に売れっ子デザイナーになったエミリオ・プッチは彼女の人生に特別な位置を占めている。

「彼はとてもシックで本当の紳士だった」

とはいえチャーノ夫婦の周囲では、軽い恋愛もどきは日常茶飯事だったものの、彼らが離婚するわけにはいかなかった。

枢軸の淑女

夫婦仲は悪く喧嘩はしょっちゅうだったが、エッダは夫に期待をかけていた。チャーノは一九三三年にムッソリーニ政権の新聞・宣伝省次官、一九三四年に新聞宣伝省大臣になり、ファシスト党大評議会に席を占めた。

一九三六年には三三歳で外務大臣に就任した。チャーノはファシスト党のお偉方を差し置いて副統帥と見なされた。彼はローマの貴族階級には評判が良く、ムッソリーニの後継者となるだろうと思われていた——彼の方が付き合いやすい性格だった。チャーノは爆撃機のパイロットにもなり、第二次エチオピア戦争（一九三五年一〇月—一九三六年五月）の際にはその様子が頻繁に報道された。フランコ側についてスペイン戦争に介入するようムッソリーニに働きかけたのはチャーノだった。

彼は結局、ナチス・ドイツへの接近を積極的に推し進めた。「腑甲斐ない英仏を前に、大きな賭けに出る時が来た」と日記に書いている。チャーノはイタリアのお定まりの外交術を踏襲し、連合国に圧力をかけ、譲歩に追い込もうと試みた。イタリアはドイツと鋼鉄協約［独伊軍事同盟条約］を結ぶことになり、チャーノがその取り返しのつかぬ罠に気付いたときはもはや手遅れだった。「非戦争状態」に逃げ込むようムッソリーニを説得するのに尽力したが、一九四〇年六月、好戦主義の統帥(ドウーチェ)にブレーキをかけることはできなかった。

エッダもイタリアがドイツに接近するのに一役買った。さらに父親の公認の愛人マルゲリータ・サルファッティを引き摺り下ろすのにもかなり貢献した。マルゲリータが爪弾きされつつあったところへ、クララ・ペタッチ（クラレッタ）が現れた。彼女は公認の愛人としてムッソリーニと死を共にした。

エッダはマルゲリータに反感を抱いたのと同じくらい、いやそれ以上にクラレッタに敵意を燃やした。あらゆる手段でクラレッタを父親から引き離そうとし、ペタッチ家の職権乱用や汚職を告発したりした。

一九三五年末、エッダとガレアッツォはゲッペルスと親しくなった。夫と対照的に、エッダは堂々と親ナチスぶりをあらわにした。一九三六年六月、彼女はドイツに一か月も滞在した。第三帝国の首都はエッダを熱狂的に歓迎した。外務大臣を長年務めた生え抜きのファシスト党員ディーノ・グランディは、エッダが「女王のように」迎えられたと語りながらも、不安を覚えた。ヒトラーが自らエッダを迎えた。彼女はヒトラーをべた褒めしている。「ヒトラーはエレガントな身なりで落ち着きがあり、社交界の男性らしい身のこなしで、感じ良く教養豊かだった。彼の目は、催眠術をかけられるという噂ほどではないにしても、かなり魅力的だった。その深くていい声は、聞き惚れるほどだった。彼は穏やかに自分の意見を言い、人の話にじっと聞き入り、ユーモアのセンスを見せた。『チャップリン風』の髭は、最初変に思えたが、彼の表情によく合っていて、一種の個性になっていた」

エッダはイタリアがドイツに近づくための熱烈な広告塔になった。［ヒトラーの後継者と言われた］ゲーリングはムッソリーニの娘に敬意を表し、一九三八年六月二日に生まれた娘にエッダという名前を付けたほどだった。一九三九年七月、「枢軸の淑女」エッダの写真が『タイム』の表紙を飾った。一九三六年一一月にムッソリーニが提唱したローマとベルリンの枢軸である。エッダはムッソリーニの子どもたちの中で抜きん出た存在だと記事は述べ、父親と夫に恐ろしいほどの影響を及ぼす策略家であるかのような書き方だった。

❖――戦争の時代

エッダは勇気があった。日中戦争のとき、上海を去ろうとしない外交官夫人は彼女くらいだった。

ギリシャ・イタリア戦争(一九四〇―一九四一年)の頃、エッダはイタリア赤十字にボランティアとして参加し、病院船に乗り込んだ。一九四〇年一二月、前線で情勢が悪化したことにより、ムッソリーニは政策と戦術の抜本的な手直しに取り掛かった。チャーノに対し世論は厳しく、この無謀な戦争の責任を彼になすりつけた。しかしムッソリーニにしてみれば、チャーノを非難すれば矛先は自分にも向けられることになり、責めることはできなかった。エッダはすぐに赤十字の任地を離れ、ローマに帰って夫を支えた。エッダとガレアッツォの愛は冷めていたが、二人の間にまだ情は十分残っていた。ガレアッツォは妻を唯一の友と思い、エッダは夫に誠実であり続けた。

一九四一年、エッダはアルバニアに戻った。三月一四日、エッダの乗った病院船ロイド・トリエスティノがヴァローナ港で爆撃を受けて沈没した。エッダは一緒に乗っていた友人の船室へ飛んでいったが、ドアは閉まっていた。爆風で部屋の入口がぴったり閉じてしまったのだ。友人は助けを求めていた。その時一人の水兵がエッダを海に投げ込み、彼女を救った。エッダは寒さに凍えながら五時間も真っ暗な海に浮かんでいた。救出活動は夜明けになってようやく始まった。彼女が助かったのは泳ぎがうまかったからである。ムッソリーニはこの快挙をプロパガンダに利用しようと考えた。

「女も天晴れと思わせる、すごいことをお前はやってのけたのだ。友達が死んだことで、お前が乗り越えた危険がどれだけ大変なものだったたか、イタリア人たちも分かるだろう」

と、娘に言った。

エッダは一九四二年四月に再びドイツを訪れた。彼女の聡明さにゲッペルスはすっかり感心した。側近が必死で止めたにもかかわらず、彼女は連合軍の爆撃で荒廃したキールやリューベックにどうしても行くと言ってきかなかった。数週間後、彼女はロシアにいるイタリア軍も訪問した。一九四三年四月末、ドイツに戻ったエッダは、ドイツ人の監督から手荒な扱いを受けて負傷したあるイタリア人労働者に会い、憤りを感じた。この話がムッソリーニの耳に入ると、彼は娘に、そうしたことをむやみに口外しないよう命じた。エッダは常に親ナチスだったが、ドイツで「自発的に」働く二〇万人のイタリア人に降りかかった悲惨な運命を告発し、父親だけでなくヒトラーにも抗議した。

❖──投獄そして死あるいは亡命

枢軸国の敗色濃厚と見たチャーノは一九四三年二月に大臣の職を辞した。

一九四三年七月二五日、国王ヴィットーリオ・エマヌエーレ三世の命でムッソリーニは解任され、監禁された。国王は依然として発言権があり、すでにファシスト政権と癒着していた王家を存続させようとした。チャーノは大評議会でムッソリーニに反対票を投じた一人だった。この顚末を知ったエッダは長男のファブリツィオに言った。

「あなたのお父様は、少なくとも職を失い、財産を差し押さえられます。おそらく私たちは監獄に入れられて死ぬか、運が良くて亡命でしょう」

エッダがドイツに向かったのは間違いだった。父親の威光でドイツ人たちは大事にしてくれるはずだと彼女は考えた。しかし、ヒトラーがチャーノ一家に貸したシュタルンベルク湖［ドイツ、バイエルン州］の別荘は、急転直下、逗留ではなく監禁の場となった。

ムッソリーニはナチス親衛隊のパラシュート部隊によって解放され、ヒトラーに会った。ヒトラーは新政府を成立させ、まずは「ファシスト大評議会の裏切り者ども」を罰するべきだと言いきった。しかし懲罰はイタリアで言い渡されることが望ましいとヒトラーは考えた。このため間もなく誕生したのが新しいファシスト政権、サロ共和国である。ドイツはこの傀儡国の首班にムッソリーニを据えた。

今やチャーノの運命はムッソリーニの手中にあった。九月一四日の朝、エッダは父を訪ね、寛大な措置を頼んだ。話し合いは揉めた。ムッソリーニは一言、娘に答えた。

「ローマの運命がかかっているときに、ローマ人の父親が我が子を犠牲にすることを一刻たりともためらったことはない」

実のところ、ムッソリーニは娘可愛さに心が揺れた。エッダの記憶では、チャーノがイタリアに帰国しパイロットとして復帰することすら許そうとしていた。しかしラケーレは大反対だった。ファシスト政権と夫が没落しようという今、彼女は夫を完全に尻に敷いていた。チャーノが前から気に入らなかったラケーレは、徹底的に彼を糾弾し、裏切りの償いをさせるべきだと主張した。

ヒトラーを筆頭に全員が、チャーノを死刑にすることを望んだ。エッダが弁護しても無駄だった。一九四三年一〇月一九日、ドイツ警察はチャーノをイタリア当局に引き渡した。

エッダは最後までチャーノの恩赦を父親に懇願した。一二月二六日に持たれたムッソリーニと娘の最後の会話は悲劇的だった。エッダはクリスマスに夫と面会することも許されず、走り書きしたメッセージをオーデコロンの瓶とチョコレートひと箱に添えて渡しただけだった。固く閉ざされた父の部屋のドアをこじ開けようとした挙句、エッダは父を狂人だ人殺しだと激しく責め、口汚くののしり、憎しみをぶちまけた。父と娘が会ったのはそれが最後だった。エッダは必死の思いでガレアッツォの「日記」を入手した。「日記」と引き換えに夫を解放してもらおうとしたが、かなわぬ望みだった。

チャーノは一九四四年一月一〇日、そそくさと終わった裁判で死刑を宣告された。一一日、他の四人のファシスト党幹部とともに椅子に据えられ、背後から銃殺された。それが名誉を保つ処刑方法だった。ムッソリーニは朝四時頃、エッダから胸をえぐるような手紙を受け取った。歴史においてあなたはどれほど今回の決断の責任を負うことか、あなたは今後ドイツの下僕と見なされ、恥辱に耐えねばならないでしょう、と書かれていた。

エッダは一九四四年七月にスイスの精神科病院に入院し、フロイト学派の医師アンドレ・レポン博士の治療を受けた。エッダは自分を家族に縛り付けていた複雑な感情のもつれを博士と共に解きほぐしていった。

入院中、彼女はアメリカの秘密情報機関の幹部であるアレン・ダレスから連絡を受けた。ダレスはシカゴ・デイリー・ニューズの特派員がエッダの持っているチャーノの個人的な日記に興味を持っていると言い、彼女に引き合わせた。貧窮していたエッダはためらいなく日記を二万五〇〇〇ドル（今の一三万五〇〇〇ユーロに相当する！）で売った。一九四五年四月七日に日記は出版され、エッダは印税を手にした。

一九四五年四月二八日、ムッソリーニはパルチザンに捕らえられて殺され、その遺体はミラノのロレート広場に逆さ吊りにして晒された。エッダは父親の悲惨な最期に、夫のときほど悲しくないと言い張ったが、明らかに動転していた。ラケーレはムッソリーニが処刑されたとき、そばにいなかった。愛人クララ・ペタッチがついていたのである。クララはムッソリーニと運命を共にした。

ラケーレはスイスに逃れたが、やがてアメリカ軍に逮捕され、数か月間抑留された後イスキア島に住むよう命じられた。一九五七年に自由の身となった彼女はフォルリでレストランを営み、一九七九年に他界した。

ドゥーチェ亡き後の人生

一九四五年八月二九日、エッダもまたアメリカ軍に捕らえられ、スイスからイタリアに戻され、シチリアの北にある小島、リパリに追いやられた。ファシストたちはリパリ島に政治犯を監禁していたのである。この島でエッダはレオニダ・ボンジョルノと出会った。経済学を専攻した共産党指導者であり元パルチザンだった彼が、エッダに手を差し伸べ、守った。やがて恋に落ちた二人は人目を避けて逢瀬を重ねた。共産党の支配が強かった大戦後間もないイタリアでは、こうした関係は大っぴらにできなかった。エッダは一九四六年六月、大赦法によってリパリ島を離れ、二度と彼に会うことはなかった。彼はその後結婚し、子どもも生まれた。

女優ソフィア・ローレンの義理の弟であり大のジャズ愛好家だった弟ロマーノによると、エッダは一九四六年一一月、ポンペイで母ラケーレと二人だけで会い、和解したらしい。ローマのパリオリ地区にあるアパートを取り戻したエッダは優雅に暮らし、出版業に首を突っ込み、ネオファシスト党員らと付き合った。ローマと、別荘のあるカプリの社交界では派手な存在だった。

晩年、エッダはテレビ番組の対談で、ロレート広場の悲劇についてとんでもない発言をした。あの仕打ちはパードレ・パドローネ（padre padrone＝父、支配者）へのイタリア人の最後の愛情表現だった。父をいつまでも自分たちのものにできるなら、彼らは父の身体をむさぼり食らうことも辞さなかったのだろう、というのである。

一九七五年、彼女は『私の証言』という回想録を出版した。彼女の元々の庶民的な言葉遣いと、夫と共にした外交の場で身につけた、洗練された言い回しを織り交ぜた文体で書かれている。一九八五年四月一五日、イタリア放送協会は彼女の特集番組を放映した。一九九三年、息子ファブリツィオ・チャーノが『祖父が父を銃殺させたとき』という本を出した。

エッダは一九九五年四月九日、八四歳で亡くなった。当時のイタリア共和国外務大臣スザンナ・アグネリはエッダの葬儀に私人として参列した。慣れ親しんだ世界からの最後の挨拶だった。

第3章

カルメンシータと子どもたち、フランコ一族

バルトロメ・ブナサール

職業軍人フランシスコ・パウリーノ・エルメネヒルド・テオデゥロ・フランコ・イ・バアモンデ、通称フランコは、一九三六年七月、人民戦線政府に対するナショナリストの反乱の指導者となった。人民戦線政府は六か月前の総選挙で勝利し成立したばかりだった。軍事評議会によって総帥に任命されたフランコは激しい内戦の指揮を自ら執った。

一九三九年四月一日、共和国軍に対するナショナリスト軍の勝利でようやく内戦は終了した。死者五〇万人以上、人的被害は甚大だった。フランコは一九七五年に亡くなるまで独裁制を敷いた。彼には一人娘カルメンシータがいた。彼女は七人の子どもを産んだが、フランコはアルフォンソ一三世の孫であるファアン・カルロス・デ・ボルボンを後継者に指名した。カルメン・フランコ・ポロ、愛称カルメンシータは一九二六年生まれ、フランコとカルメン・ポロの一人娘だった。彼女は一九五〇年に第一〇代ビリャベルデ侯爵クリストバル・マルティネス＝ボルディウと結婚し、一九五一年から一九六四年の一三年間に七人の子ども（女四人男三人）を産んだ。一九九八年に夫を失いながらもカルメンシータは今もフランコ家の守り神的存在であり、毎年フランコ将軍の命日である一一月二〇日には一族が集まる。

フランコの子は娘カルメンシータだけだった。フランコ政権が崩壊した後もなお、カルメンシータは父を崇拝し続けた（© Albert Harlingue / Roger-Viollet）

❖──センセーショナルな暴露

まず初めに、カルメンシータは本当にフランシスコ・フランコ・バアモンデとマリア・デル・カルメン・ポロの一人娘なのだろうか。ホセ・マリア・サヴァラというジャーナリストが明らかにし、ＡＦＰ通信が速報で伝えたセンセーショナルな新説は無視できない。サヴァラによると、カルメンシータはフランコの弟ラモンが売春婦に産ませた子だという可能性がある。彼女はフランコ夫婦に引き取られ、娘として育てられたという。ホセ・マリア・サヴァラはこの問題について二〇〇九年五月一七日付のマドリードの日刊紙『エル・ムンド』に長い記事を書いた。

サヴァラは何を根拠にこう言っているのだろうか。フランコは一九一六年モロッコのテトゥアン戦で重傷を負い、片方の睾丸を失った。これは正しい情報だが、片方を失っ

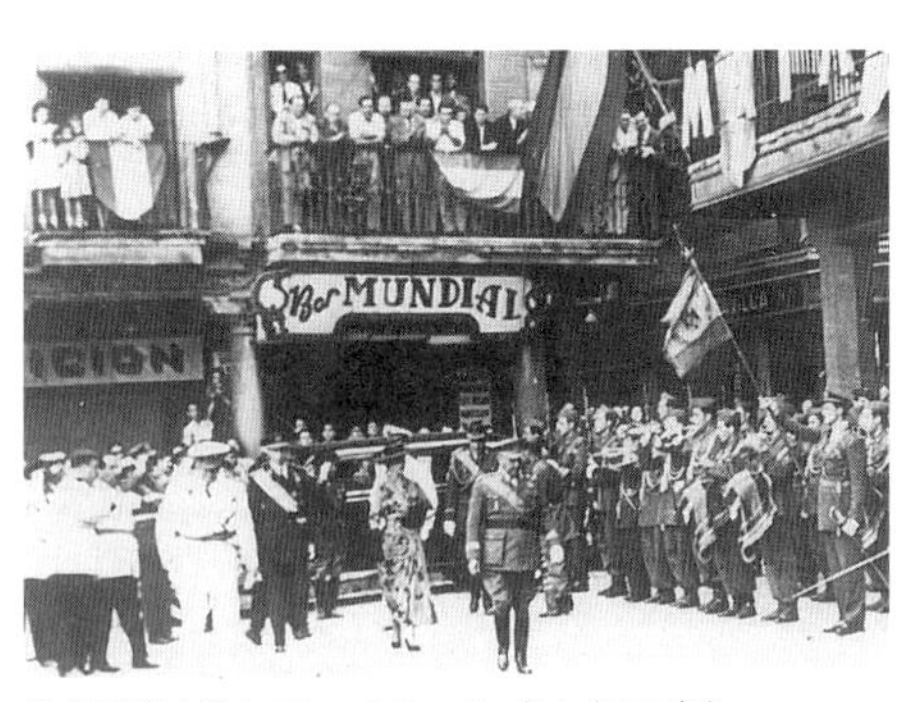

地方視察を行うフランコとカルメン夫人(1940年)

フランシスコ・フランコ[1892–1975年]

たからといって生殖能力がまったくなくなるわけではない。また一方、お腹の大きいカルメンの写真や、新生児あるいは洗礼の時のカルメンシータの写真は一枚もない、という。フランコの姉妹のピラールは妊娠中のカルメンに会ったことがあると断言しているものの、カルメンシータが生まれたのは一九二八年だと言っている。この一九二八年説はジャーナリストであり歴史家でもあるフィリップ・ヌリーも支持している。カルメンシータの誕生日に関しては諸説入り乱れている。

しかしながら、サヴァラのこの説を退ける根拠はたくさんあり、カルメンシータの誕生日を一九二六年九月一四日とする公式な記録も確かに存在する。だが一方、母親カルメンの側から何の噂も漏れてこないのも奇妙に思われる。カルメンは自分の実家のあるオビエド［スペイン北部］に里帰りして出産しているのだ（両親や姉妹など何人かの証言者がいるはずである）。さらに著名な歴史家たちとカルメンシータの共著『フランコ、ミ・パードレ（Franco mi padre）』という本によると、カルメンはアフリカで妊娠しなくて良かったと喜び、出産のために実家の母がちょうどスペインに戻ってきてくれたのだと娘に語ったという。結局のところ、カルメンシータが戸籍上の母カルメンと似ていることは目に明らかだし、フランコの孫にも祖父とそっくりの身体的特徴を持つ者がいる。

もちろん、この仮定に何らかの確かな証拠があるかどうか知るためには、カルメンシータあるいはその子どもにDNA検査をすればよいのだ。しかしサヴァラの説にも一目置きつつ、もっと十分な情報が得られるまで、公式の事実でよしとしようではないか。フランコはあまり感情を表に出す方ではなかったが、カルメンシータや孫たちには、時折溢れるような愛情表現をしたことからも実の親子説の信憑性は高いように思われる。

❖――カナリア諸島からエル・パルド宮へ

カルメンシータの目から見て、両親は仲の良い夫婦だった。二人の心は「融合」していて、母は父を「崇拝」し、二人は完全に「一心同体」だった。とはいえカルメンシータの教育を受け持ったのは、ずっとそばにいた母親だった。内戦前、カルメンシータはマドリード、ラ・コルーニャ、パルマ・デ・マヨルカなど、フランコの赴任先が変わるたび、両親と一緒に車でスペインを回った。

一九三六年、人民戦線が政権を握った直後、フランコは、彼をスペインから追い払おうとする共和政府によって左遷され、一家はカナリア諸島に移住した。カルメンシータはこの引っ越しに大喜びだった。何しろ家族はホテル住まい、ちびっ子にはとんでもないことだった。フランコは娘と一緒に遊んだりはしなかったが、優しく愛情深い父親だった。おとぎ話の語り聞かせこそしなかったが、まるで見て来たように歴史の話をするのが好きだった。カルメンシータは父親の「陽気な性格」を憶えている。「父は愛情深くにこやかで、特にユーモアのセンスは抜群でした」。

一九三六年七月に内戦が始まると、フランコはまず妻と九歳の娘を急遽フランスに避難させた後、反乱軍とモロッコ人部隊を首都へと差し向けるべく、保護領モロッコに戻った。カルメンシータは事の重大さをよく分かっていなかったので、母親と一緒の旅行を喜んだ。二人はドイツの船でフランスのル・アーヴルにたどり着いた。母娘はそこで数週間過ごしてから、バイヨンヌに着き、スペインに帰れるようになるまで滞在した。二か月後、フランコのいとこのパコンが二人を迎えに来てスペインまで連れて帰った。フランコは総帥（ヘネラリシモ）に任命され、軍事政権の頂点に立ったばかりだった。

内戦の間に、カセレスでフランコと合流して数日過ごした後、カルメンシータと母親は、サラマンカ、そして一九三九年四月までブルゴスに滞在した。ブルゴスでは大邸宅に住み、母の二人の姉妹、イザベルとジータがそこに加わった。ラモン・セラノ・スニェル（別名「スーパー義弟」、六回も大臣になったフランコ派の高官）と結婚したジータには小さな子どもがいたので、カルメンシータはいとこたちと一緒に過ごせて大喜びだった。彼女は一番年上だったので思うままに仕切った。

「いとこたちは私より小さかったので、私が大将で何をやっても楽しかった」と、彼女は書いている。もともときょうだいが欲しくてたまらなかったのだ。

内戦が始まるまで、カルメンシータは、車の中でよくサルスエラ（スペインのオペレッタ）の曲を歌う、おしゃべりで陽気な父しか知らなかった。この頃から父の顔が曇るようになった。口数が少なくなり、心配事があるような思いつめた表情だった。

「父は戦争する気はなかったし、軍部があのように政権を握ることも良く思っていなかった。しかし敵が牙を剝いてきたら、応えるしかなかった。父のモットーは『目には目を、歯には歯を』だった」。

カルメンシータによると、子どもの頃、フランコは「交友関係も生活の仕方もまったく口出ししなかった。母親が当時の常識に従って私の躾をほとんど引き受けていた」。

フランコの昇進は止まるところを知らなかった。一九三八年、国家元首兼首相兼軍総司令官に任命された。一九三九年三月二八日、フランコはマドリードに入り、共和国軍指導者たちは彼の前に無条件降伏した。一九三九年四月から一九五〇年に結婚するまで、カルメンシータはマドリードのエル・パルド宮に住んだ。このような環境のなか、彼女は父親とその側近が選んだ教師や聖職者の指導の下で中等教育を受けた。集団のなかで伝統的な教育を経ることなく、試験を受けたこともなかったが、十分な一般教養を身につけ、英語やフランス語もかなりできるようになった。

カルメンシータは父親を人並み優れた人物だと思っていた。当時の自分はまだ人間として未熟だったのだと後年彼女は認めることになる。父と母との関係、父の真っ直ぐな性格を彼女は尊敬していた。たとえば、フランコは夫婦間の不貞を許さなかった。特に身内が犯した不貞には厳しかった。スーパー義弟のセラノ・スニェルの失脚の大きな原因が不倫だったのはそのせいである。その上セラノ・スニェルはあまりにドイツびいきだった。フランコはヒトラーをあまり評価しなかった。

「父はヒトラーを信用していなかった。父がアンダイエでヒトラーと会談したとき（一九四〇年）、ドイツに封じ込められるのではないかと恐れていた。（……）そしてポーランドへの侵攻は大きな過ちだったと考えていた。父母にとってポーランドは偉大な国、しかもカトリック国だった」

と、カルメンシータは語る。

❖──クリストバル・マルティネス＝ボルディィウ、医師兼実業家

一方、カルメンシータは呑気に気ままな生活を送り、テニスと乗馬を楽しんだ。彼女は馬

に乗るのが大好きだった。ウズラ狩りも好きで父と一緒に行くこともあった。彼女の異性関係について詳しいことは分からない。

一九五〇年、二四歳のカルメンシータは「二年間の交際」を経てビリャベルデ侯爵クリストバル・マルティネス＝ボルディウと結婚した。結婚式の日、世間知らずだった彼女は非常に緊張した。母カルメンからフランコとオビエドで婚約したときのことを色々聞かされただけだった。おばのイザベルとジータからこっそり打ち明け話を聞いていたかもしれない。カルメンシータに恋愛感情はあったのだろうか。

クリストバルはかなり美男のスポーツマンで、やや向こう見ずなところがあり、パラシュートが趣味だった。年が経つにつれ、プレイボーイとの評判が立つようになったようだ。

カルメンシータの結婚生活はゴシップの種になるどころか、静かなものだった。新婚の頃のカルメンシータは夫のそばで平穏な日々を過ごし、たて続けに子どもを産みながらもクリストバルと一緒にアメリカやスカンジナビア（スウェーデン、フィンランド）に行った。

クリストバルは心臓病と胸部外科が専門で、著名な心臓外科医バーナード教授の知遇を得て、スペイン初の心臓移植を行なった。彼は妻ともう一組の医師夫婦を伴って何度もアメリカに赴き、外科学の最新の成果について直接に情報を仕入れ、学会に出席し会議を行なった。

クリストバルとカルメンシータは出張の機会にワシントンのスペイン大使館で数日過ごし

た。カルメンシータは大使館で非常に気持ち良く過ごした。二人はダラスなどアメリカの町をいくつか訪ねた。カルメンシータはさらにアルゼンチンなどにも足を延ばし、またヨーロッパも旅行した。アルゼンチンの旅行は非常にいい思い出になった（エバ・ペロンと親交を結んだ）。

夫のクリストバルはカルメンシータとの結婚によって得られた望外のステータスを巧みに利用し、マドリードの基幹病院や医療施設で高報酬の重要ポストを手にした。一九七一年、彼はコンセプシオン病院の胸部外科部長およびラモン・イ・カハルという有名病院の胸部血管外科部長になった。しかし、間もなく職務をおろそかにし、不動産業を始め金融関係に関心を持つようになった。高い出席謝礼金が得られる様々な取締役会のメンバーになった。カルメンシータ夫婦と実業界（銀行家や企業家）との繋がりはますます濃くなり、莫大な不動産を形成するための布石となった。フランコの子孫は年月と共にその不動産帝国をゆるぎないものにした。ビリャベルデ侯爵は阿漕なやり方で特権的立場を巧みに利用し、着々と地固めをした。

カルメンシータと夫の関係は時が経つにつれ冷えていった。クリストバルが子どもたちの恋愛や結婚に口出ししては揉めたことも一因だったろう。特に晩年（一九八四年頃から）は医師として職責を果たすことが著しく困難になり、「低収益と職務怠慢」によりラモン・イ・カハル病院の院長職と報酬を五年間停止され、一九八六年に胸部看護学校の医療部長職をマドリードの共同体によって解任されると、夫婦の関係はいよいよ険悪になった。医師としての夫の振る舞いと職業的良心を問題視した懲戒処分に、カルメンシータはすっかり打ちひしがれた。彼女は不満でならなかった。（ヴェスパの輸入に関し便宜を図ったらしいことなど）夫が実業界と何かにつけ関わりを持つことが彼女は不満でならなかった。父親が金銭には用心するよう戒めていたと、彼女は何度も訴えた。「金は堕落の元」とフランコはいつも言っていた。

✣――七人の子ども

カルメンシータは七人の子どもを産んだ。マリア・デル・カルメン（愛称カルメン）、マリア・デ・ラ・オー（愛称マリオラ）、フランシスコ（愛称フランシス）、マリア・デル・マル（愛称メリー）、ホセ・クリストバル、マリア・デ・アランサス（愛称アランチャ）、そしてハイメ・フェリペ。間をあけずに次々と妊娠したせいか、カルメンシータは子どもたちの教育に十分手を掛けることはできなかった。一三年間で七人だから、妊娠期間は一五六か月のうち七〇か月に及んだわけである！

五番目の子ホセ・クリストバルによると、子どもの躾において最も重要な役割を果たしたのは、ナニと呼ばれたイギリス人の家庭教師、ベリル・ヒブスだった。

「孫の僕たちが現実的感覚を失わなかったのはナニのお蔭だ。ナニはいつもこう言っていた。

『今あるものすべて、エル・パルド宮に住み、森で楽しく遊び、馬や召使いやお抱え運転手がいることはお祖父さまが国の長だからということを覚えておきなさい。お祖父さまがいらっしゃらなくなれば、何もかも変わるのです』」

ナニはカルメンシータの三番目の子フランシスが生まれてからフランコ家に入った。ホセ・クリストバルによると、

「両親は子どもの教育はナニに任せきりで、彼女が取り仕切っていた。僕たちが子どもの頃、彼女は絶大な影響力を持っていたし、大人になってもそれは続いた。ナニは僕たちにひたすら身を捧げていることが分かったからだ。ナニほど私に愛情を注いでくれた大人はいない」

その上、ナニは厳しい道徳とヴィクトリア女王時代の伝統が染みついていた。それはフランコ家の実情にうってつけだった。エル・パルド宮では、大事な――最も重要とさえいえる――ことは祖父の怒りを買わないことだった。ナニのお蔭で、フランコの孫たちは、特権階級に対して社会が当然要求する身の処し方をきちんと身につけ、周囲の期待に応えた。

フランコの孫たちは週末や休暇のほとんどをエル・パルド宮で楽しみ、満喫した。領地であるエル・パルド宮の広大な自然保護地域で祖父と一緒に狩りや釣りに行くのは非常に楽しかったとフランシスは語っている。ホセ・クリストバルもそのような場所を利用できて幸せだったと言う。

「山岳地帯まで広がる二万ヘクタールの制限地区のことを私はどの監視官よりも知っていました。エル・パルドの森は元気がなくなった時の一番の友達でした。私の幼少期から思春期にかけて、森は最も幸福な場所でした」

❖──長い苦しみ

フランコは数年前からパーキンソン病を患っていた。一九七五年一〇月半ば、健康状態は悪化し、急性心不全になった。次に肺水腫、さらに気管支や気管に血液が大量に集中する事態となった。数日後、尿毒症の危険が生じ、携帯式人工腎臓装置を使うことになった。フランコの体重は四〇キロまで落ちたが、延命のためにあらゆる手が尽くされた。二三名の医師が付きっきりで治療に当たり、娘婿のクリストバルが先頭に立ち、三度の手術にも立ち会い、報道機関向けの公式発表にも自ら署名した。

最愛の父の臨終の苦しみはカルメンシータにとって厳しい試練だった。

「臨終の苦しみは大変長く、母も私も、父がエル・パルド宮を出て行かずに済むよう願っていた。あんな大手術をすることにならず、自分のベッドで死を迎えてほしいと。けれども出血が起きた。もう恐ろしくて、早く血が止まればと思った。そのためには手術が必要で、他にどうしようもなかった」

と、カルメンシータは語っている。

「医師たちは仕事となるとマニアックなところがある。父の最期はそれはそれはつらいものだったし、ラ・ペ病院に入院させることに同意し、そこで死を迎えたことを思うと、私は自責の念にかられる。実際、もうなすすべはなかった。内臓が弱ってきたら、無理なことはしないのが一番いいのに、先生たちはマニアックにとことん手を打っていく。家族よりも医師たちの決定が優先だった。私たちはすっかり参っていた……入院を決めたのは医師たちで、それに反対することはできなかった」

カルメンシータは病気の母親の世話もしていたので、途方に暮れた。

「夫は病院にいた。父の死亡時刻が何時だったのか私には分からない。母と私は朝九時に起きたときに知らされた。でも夜中の一時かもう少し後のことだったはずだ。父の臨終の苦しみは非常に長かったので、父を失う覚悟も諦めも十分ついていた」

カルメンシータによると、フランコの延命治療を止める決断をしたのは夫だった。

「クリストバルは医師団と一緒にいたから、手の施しようがないことを知っていた。父は意識がなかったので、私は母のそばにいる方が多かった。出血が起きて緊急手術をしてから、父は意識を取り戻すことはなかった」

フランコ亡き後のマドリードで、フエルサ・ヌエバなどの極右団体が度々催したフランコの記念式典に何度か出席したものの、カルメンシータと夫はほとんど政治に関わらなかった。こうした式典はたいてい、「フランコの熱狂的支持者」であり続ける者たちが「その業績を担う」ための場だった。彼らの態度は「祖母と母に尊敬の念を起こさせる」ものだったとホセ・クリストバルは述べている。しかし、「両親の本当の友達は医師、銀行家、企業家たちだった」。

父の後継者選びはカルメンシータにとって微妙な問題だった。

「複数政党が存立する政治体制に父は反対だった。内戦が終わる頃父は、スペインは成熟した国ではない、まず経済の立て直しを図ってから君主制を復活させ、さらに民主主義を可能にできればと考えていた」

フランコは死ぬ前に民主主義を成立させるには至らなかったが、ファン・カルロスという後継者を選んだ。ファン・カルロスは何よりも民主主義への移行に心を砕いた。フランコは一九四八年からすでにファン・カルロスを後継者として考えていた。ファン・カルロスがまだ一〇歳のときである。

当時ローマに亡命していたファン・カルロスはスペインに送られて教育を受け、フランコ体制の知識を吸収した。一九六九年、ファン・カルロスは正式にフランコの後継者に指名された。三一歳のファン・カルロスにはまだスペイン王子という名誉称号しかなかった。五年後、フランコが病床にある間、臨時的に国家元首に指名された。

✣――フランコ家の新しい世代

一九七五年にフランコが亡くなり、孫たちがかなりの財力を手にするにつれ、それまで尊重してきた家庭や社会の規範がおろそかになっていった。祖父の遺言と両親の不動産売却によって彼らの懐はかなり潤った。その上、孫たちはいずれもしっかり者だった。長い間ちやほやと特別扱いされながらも厳しく躾けられた彼らは、独立した人間であることを自ら示したいという欲求、いや必要を感じた。この内なる要求をいかんなく発揮できるのが執筆という手段だった。孫たちの四人が本を出版し、何度か出版関係者やテレビ局のプロデューサーに内輪話を明かしている。

長女のカルメンの派手な恋愛遍歴は噂の種になった。フランコが亡くなる前の一九七二年、カルメンは二一歳でカディス公アルフォンソ・デ・ボルボンと結婚した。未熟な娘だけに母のカルメンシータは二の足を踏んだが、祖母や父親は王家に連なることに大喜びでこの結婚を後押しした。しかし早くも一九七九年、カルメンは二人の息子がいながらアルフォンソ・デ・ボルボンと別居し、一九八二年に離婚した。彼女はパリに居を構え、二二歳上で羽振りの良い骨董商ジャン＝マリー・ロッシと付き合い、エル・パルド宮の知的で道徳的な堅苦しさとは大違いの、陽気で気ままな生活を送った。数年後、カルメンはロッシと結婚し、二人の間に娘シンチアが生まれた。だが七年間の結婚生活の後、カルメンとロッシは別れた。

カルメンはイタリア人建築家ロベルト・フェデリッチと親密になり、アンダルシアの田舎で一緒に住み、羊を飼って気晴らしにした。この新しい関係は九年ほど続いた。カルメンにとって新記録だ。

次に出会ったのはスポーツ好きの若者、ホセ・カンポスで、彼女より一三歳年下だった。ホセはカルメンをサンタンデールに連れて行った。彼女は海辺で暮らし、地元の郷土料理を存分に堪能した。カルメンとホセは二〇〇六年に結婚した。カルメンは新しい夫といると面白い、と言ったが、それだけでは満足できなかったらしく、七年後に彼女はまた家を飛び出した。

今度の相手はルイス・ミゲル・ロドリゲスという億万長者の企業家で、既婚だった。初婚の時の義母、アルフォンソ・デ・ボルボンの母から色情狂と呼ばれたカルメンは、著書(Cumpleanos,gana vida, 二〇一〇年刊行)の中で、自らの性的放縦さを認めている。彼女はそれが現代的な印のように思っているのだ。二〇一四年一月二九日付『エル・ムンド』でのインタビューに答えてこう語っている。「セックス？　ご馳走と同じようなものね。味わって美味しかったらまた食べるの」。またカルメンは、長男の死を初め不幸が身に及んだ時や、（ルイ二〇世という名の下にフランスの王位継承者と主張する）二番目の息子の利益を守ろうとした時、勇気と決断力を大いに発揮したことも特筆すべきだろう。

カルメンの弟妹たちも負けず劣らずだった。活発で生意気なマリア・デル・マル、愛称メリーはフランコのお気に入りで、二五歳の時、雑誌Diez Minutos（ディエス・ミヌトス）に手記を書いた。メリーは世界を駆けめぐった後、スペインに帰ってジャーナリストのジミー・ヒメネス＝アルナウーと結婚したものの、離婚してアメリカ人のグレッグ・テイミアと再婚した。彼女はグレッグとアメリカに渡りフロリダに住み、さらにカナリア諸島に移った。フランコ家のヒッピーと思われている彼女は、一九八二年から一九九六年までスペイン首相だったフェリペ・ゴンサレスと（気ままな）関係を持ったとすら言われている。

マリア・デ・ラ・オー、愛称マリオラは建築学科を卒業したが、すぐに結婚し、姉妹同様仕事に就かなかった。彼女が伴侶として選んだのは弁護士のラファエル・アルディで、フランコ政権下の裁判で徒刑を宣告された共和派陸軍大佐の息子だった。父クリストバル侯爵は難色を示したが、ポズエロ・デ・アラルコン（マドリード郊外の高級地）に豪邸を構え、三人の子をもうけたこのカップルは、他の孫たちと違ってまだ続いている！　政治学の学士号を持ち、かつ弁護士のラファエル・アルディはマリオラと共同で不動産会社を経営している。最後に末娘のマリア・デ・アランサス、愛称アランチャは、ほとんど話題に上らない。ガリシア地方の弁護士クラウディオ・キローガと結婚している。

カルメンシータの長男フランシスは農業技師になりたかったが、医学部に入った。医師免許は取ったものの医者にはならなかった。マイラスの領主で第一一代ビリャベルデ侯爵となる彼は、一九八一年マリア・デ・スエルベス・イ・フィゲロアと結婚し、二人の息子をもうけたが、一九九二年に離婚した。一九九四年にミリアム・ギサソラと再婚し、息子と娘が生まれたものの、一九九九年にまた離婚した。祖父フランコの影響で狩猟が趣味だったフランシスは、祖父の死から二年後の一九七七年に密猟により有罪判決を受けた。彼はその趣味をあくまで追求し、南アメリカを初め五大陸を巡った。

一九七九年から一九八六年まではチリにいた。彼はテレビ出演した際、コカイン中毒だったことを告白し、二〇一〇年にはコカインの密売で逮捕された。最近の事件を含め何度も起訴されているにもかかわらず、フランシスは常に刑務所行きを免れている。目下彼は不動産ビジネスに活路を見出している。

マドリード・コンプルテンセ大学法学部を出た弟のハイメに支えられながら、フランシスは母親が唯一の株主あるいは大株主である数社と、自身が設立した数社を経営している。そのほとんどは不動産の管理会社であり、ガレージ経営が多い。フランシスは医療機関や精神分析研究所の経営や通信事業にも手を出した。共同経営者とともに資産運用で巨額の利益を得ることに成功した。

ホセ・クリストバルはただ一人、祖父に倣って軍人を志した。サラゴサの陸軍士官学校に入り、優秀な成績で卒業したが、中尉に昇進したところで除隊した。周囲の期待が大きすぎ、フランコ将軍の孫という身で軍務に就くには荷が重かった。その後彼は文筆業に就こうと考えている。ホセ・クリストバルの結婚相手はトップモデルでテレビキャスターのホセ・トレドだった。二人は（父親の顔を立てずに）ニューヨークで宗教の儀式によらず結婚し、二人の男の子が生まれた。カルメンシータの末っ子ハイメ・フェリペは一九九五年トップモデルのヌリア・マルクと結婚し、息子ができたもののやはり離婚した。

こうしてフランコの孫たちは、両親が守ってきた祖父母の社会規範と縁を切り、時にスキャンダルの種になった。とはいえ彼らのうち三人は人前に出ることを避け、平穏でおそらく幸せな結婚生活を送っているようだ。

❖──遺産への称賛

カルメンシータは大らかな性格だったが、さすがに夫や子どもの振る舞いには失望し、父への崇拝に心の拠りどころを求めた。カルメンシータのフランコに対する尊敬の念は揺るぎないものだった。フランコ体制に対する批判は「仕方がない」と思ってはいたが、フランコが死にスペインに民主主義が成立してからというもの、父親が汚名を着せられるようになり、カルメンシータはつらい思いをした。

二〇〇〇年以降、批判はさらに厳しさを増した。スペインは国を挙げて浄化(カタルシス)を開始し、四〇年近い独裁体制の間、暗黙のうちに見過ごされたフランコ政権の罪を暴き立てた。フランコの騎馬像は次々と破壊された。フランコ派によって銃殺された何千もの共和主義者の遺体が共同墓地から掘り出された。フランコとその一族を人道に対する罪で起訴する動きさえあった。

最近、フランコの生まれ故郷のフェロルは彼に与えた名誉称号をすべて剝奪することを決定した。それでもカルメンシータは、民主主義への移行期の人々は「復讐の鬼」などではなかったし、フランコの子孫は平穏な生活、いや「いい生活」ができたとさえ認めている。未亡人となったカルメンシータの母は死ぬまでかなりの額の年金を受け取ったからだ。首相のアドルフォ・スアレス、フェリペ・ゴンサレスの報酬よりも多いくらいだった。

カルメンシータはフランコに関する出版物に何かと関与したがった。父の名誉回復のためだろうか。著名な二人の歴史家、ヘズース・パラシオスとスタンリー・G・ペインの共著であるフランコの伝記は、カルメンシータに取材した(しばしば長い)話に多くのページが割かれている。彼女はフランコ体制が独裁政治だったことに異論はなかった。そもそもフランコ自身そう認めていた。

「父はプリモ・デ・リベラの独裁政治を称賛していましたし、結局父の政治体制は独裁だったわけですが、当時は今のような意味合いはありませんでした」。

彼女はさらに、

「父は軍人でしたから、何より秩序を求めました」

と、言う。フランコは軍隊に属する者は誰でも尊重した。

「父は最初ドゴールのことはあまり好きではなかったと思いますが、結局ドゴールがマドリードを訪問した後、評価するようになりました。ドゴールは将軍でしたから。でも父のお気に入りはペタン元帥でした。彼は駐スペイン大使で母の親友でした」

フランコは「穏健な共和制」であれば認めただろうし、社会主義者を嫌っていたわけではなかったとカルメンシータは確信している。彼女によると、フランコは根っからのアンチコミュニストでありアンチ・フリーメーソンだという。

「父はアメリカが好きだったが、ローズヴェルトとはまったく馬が合わなかった。特に夫人は共産主義者の肩を持ちすぎるのではないかと思っていた」

と、カルメンシータは書いている。父は「偉大な人物」で、大多数のスペイン国民から惜しまれつつ世を去ったのであり、後世の人々から好意的に評価されるようになる、とカルメンシータは信じている。亡くなる数週間前、オリエンテ広場に集まった群衆がフランコを歓呼して迎えた時のことを彼女はよく思い出す。その光景は国際社会の人々が認める事実であることは確かだ。長期にわたったフランコ政権について、カルメンシータは肯定的に評価し、生活水準の向上、社会保障の確立、当初存在しなかった中産階級の形成と発展を例に挙げている。

フランコの孫たちは母親に負けず劣らず祖父に強い憧れを抱いている。特に男の子は祖父を尊敬している。大学などでフランコについてのひどい悪口や侮辱に傷ついたこともあったのに、彼らは祖父を裏切るようなことは決して言わない。フランコは常に母の指針だった、とホセ・クリストバルは書いている。「フランコほど私が憧れた人物はいなかった。私の中であれほどの地位を占めた人は他にいない」。幼かったホセ・クリストバルはいつもフランコと心の中で対話していた。兄フランシスは二〇一一年に刊行した『フランコの本性――祖父が一人の人間だった時』という本で、

「私は祖父の中に厳格さと規律の模範を見ていた。思いやりのある優しい祖父だった。狩りや釣りに付き合ってくれる仲間、助言者、友達だった。父よりも祖父の方が好きだった」

カルメンシータとその息子たちが、こうしたフランコへの尊敬の念を大切な絆として結び

ついていることは間違いない。

✣──控え目な暮らし

カルメンシータはメディアの感情や好奇心を煽るようなことはめったにしなかった。息子のホセ・クリストバルは一九八三年刊行の著書『裏と表、フランコの孫の回想録』の中で、「母は常に慎ましさそのものであり、慎ましさを保つためにはどんな犠牲も厭わなかった」と書いている。何人かの子どもたちとは違って、カルメンシータが人目に立つことを常に避けたのは確かである。

大衆の野次馬根性を刺激したりスキャンダルを起こしたりすることはなかったのも事実だ。ただ一度、一九八八年に宝石をスイスに密輸しようとしているとしてマドリード＝バラハス空港で罪に問われたことがあるが、どうも不当なお咎めに思われる。このささいなトラブルを、一部のメディアがあからさまな悪意を持って針小棒大に取り上げ、母はひどく傷ついたとホセ・クリストバルが主張するのも無理はない。要人用の出入口をこの日利用していればこんな揉め事は避けられただろうに。

ホセ・クリストバルによると、一九九八年に夫を亡くした後、人々の好奇心とジャーナリストの追跡から逃れるため、カルメンシータはほとんどスペイン以外で過ごすようになった。いまだに旅行好きなせいもある。八〇歳を超えたここ数年もなお、ドナウ川遊覧に出かけ、友人とともに北京まで足を延ばしている。

八七歳の今、カルメンシータは、五年以上にわたるスペインの経済危機、それに伴う最悪の失業率に心を痛めている。彼女は以前に増して極右勢力の影響を受けており、フランコとその政治体制の遺産がないがしろにされていると主張する者たちを支持することもある。三五年の間にスペインは、内戦後に実現した成果と進歩の大部分を失ったと彼女は言う。

カルメンシータは今も家族をこよなく大切に思い、子どもたちや孫たちによく会っている。三度の離婚、放縦な生活、性に関する明け透けな発言がメディアの恰好の餌食となった長女カルメンのことも支え続けた。カルメンシータは息子たちともいまだに近い関係を保ち、息子たちも母親を慕っている。ビジネス上の関係も続いており、頻繁ではないが一族が定期的に集まる時はカルメンシータが中心になる。カルメンシータのたっての希望で関与した近著『我が父フランコ(Franco mi padre)』は父親への尽きせぬ愛と尊敬の何よりの印である。

第4章

毛沢東の大きなお人形

ジャン＝クリストフ・ブリザール

共産党革命家、毛沢東（一八九三―一九七六年）は中華人民共和国の初代主席である。二〇年以上に及んだ国共内戦と抗日戦争の後、政権の座についた毛沢東は、一九四九年に中華人民共和国を建国した。権力確立を目指して彼が手掛けた経済と社会における改革は惨憺たる結果を生んだ。「大躍進」政策（一九五八年）は国中に大飢饉を起こし、文化大革命（一九六六―一九七六年）は中国を内戦状態に陥れた。四〇〇〇万ないし六〇〇〇万の中国人が、毛の選択の誤りを命で償ったのである。毛は一〇人ほどの子どもを認知している。お気に入りの「大きなお人形」は末っ子の李訥（リノ）（リ・トッ）だった。

二〇一三年四月二五日、厳かな雰囲気の人民会堂に突然ざわめきが起こり、夏の熱風のように参列者の間に広がった。待ちに待った瞬間が来たのだ。濡れ羽色の黒髪の老女がゆっくりと中央の演壇に歩み寄った。臨漳県［河北省邯鄲市］の名士たちは、彼女のためにこぞって一張羅を身につけてきた。抗争の時代に受けた古い勲章を引っ張り出してきた者もいた。石炭工場の煤煙に包まれた、このみすぼらしい小行政区の臨漳県で、このような来賓を迎えるなど思いもよらないことだった。

北京はたった六〇〇キロ北に位置しているものの、ここは別世界だった。共産主義と草創期の指導者たちを誇り、毛沢東を誇りとする労働者の中国の世界なのだ。

「毛沢東は孔子より偉大なり！」

式典の司会者がマイクで仰々しく叫んだ。

「我らが指導者の娘、李訥さんをお迎えしましょう」

老女はゆっくりと顔を上げ、居並ぶ人々をじっと見つめた。割れんばかりの拍手に怖気づいた様子もなかった。図々しい連中が携帯電話を取り出してこの瞬間を撮ろうとした。するとと李訥は驚くほど若々しい声で、それが約束であったかのように歌の出だしを歌った。

「東の空は赤く、陽は昇る

毛沢東には一〇人ほど子どもがいたが、手をかけて育てたのは娘李訥（左端）だけだった。一九五一年北京で撮られたこの写真には李敏（右側）、甥も写っている（© Chine nouvelle / Sipapress）

中国に毛沢東が生まれた
毛沢東は人民の幸福のため尽くす
毛沢東は人民の救いの巨星！……」

毛沢東時代、文化大革命時代の神聖なるこの国歌が李訥はずっと好きだった。毛沢東生誕一二〇年を祝うため、彼女は一層心をこめて歌った。七二歳の李訥は父親の新しい像の除幕式のために来た。最愛の父の。

❖──末っ子以外は父不在

李訥は毛沢東がもうけた一〇人ほどの子どもたちの末っ子で、一九四〇年に生まれた。母親の江青は毛の四番目かつ最後の正妻だった。李訥が生まれたとき、毛はすでに若くなかった。四七歳の毛は、中国国民政府の最高指導者だった宿敵、蔣介石の率いる軍と一〇年間戦い続けた後で、疲れ切っていた。数多い兄姉と異なり、李訥は父親の愛情と優しさを一身に受けた。毛の手元で育った初めての子どもだった。

李訥が生まれるまで、毛沢東は父性愛というものを感じたことがあまりなかった。一九三〇年代、毛は三番目の妻賀子珍に、少なくとも二人の新生児を農家に里子に出させた。たとえ我が子であろうと、内戦のさなかに赤ん坊などにかかずらう暇はない、というわけだった。その後子どもたちがどうなろうと構わなかった。内戦が終わった二〇年後、諦めきれず藁をも縋る思いの賀子珍は八方手を尽くして我が子を捜した。

一九五二年、ついに我が子らしき人物が見つかった。確かに父親との共通点が二つあった。福耳と、わきがである。中国人には稀な特徴だった。賀子珍はこれぞ手放した我が子と信じ、国家主席になっていた毛にすぐ知らせた。しかし、やはり内戦中に捨てた子を捜していた別の女が、その青年を行方不明のわが子に違いないと思い込んだ。中国共産党はこの女に軍配を上げた。賀子珍は毛に何とかしてほしいと頼んだが、無駄だった。毛は「そんな面倒なことにかかわっている暇はない」とにべもなく答えた。党の決定に従うしかなかった。

李訥の場合はまったく違った。毛は父親になる喜びを初

毛沢東と江青（1946年）

家族三人で（真ん中が李訥）

めて感じているように見えた。喃語を発する赤ん坊になど普段まったく関心を示さなかった毛が、末娘には大事な時間を割いて相手をした。「お父さんの可愛い子」、「大きなお人形さん」などと愛称をつけて呼んだ。相好を崩す毛の姿に周囲の者は驚きを隠さなかった。毛は暇さえあれば「お人形」のところに来て腕に抱き、構いたがった。私にそっくりだ、と毛は言った。

「この子は私の可愛い分身だよ！　大きくなったら、この子も人民に尽くすだろう！」

しかし蒋介石を敵とする内戦が再開され、毛は数か月間愛娘と別れなければならなくなった。一九四六年、六歳の李訥は父親が姿を消そうとしているのを知った。後に残される李訥は共産党中央機関の人員とともに安全な場所に避難せねばならなかった。そのため、黄河を渡り北へ移動することになった。胸を引き裂かれんばかりの別れだった。毛は娘を抱きしめて言った。

「お父さんの大きなお人形さん、大人たちと一緒にもうすぐ大きな河を渡るんだよ。いい子でいるんだよ……」

李訥は涙が溢れそうだったが、しっかりしたところを見せようと答えた。

「いい子でいる！」

その場に居合わせた者の証言では、毛の目は赤くなっていたが、勇気と行動の男らしく涙をこらえるのに成功した。それが、公に喧伝されるべき姿だった。

「中国共産党の父は心ある身ながら、公共の利益のため、個人的幸福を潔く犠牲にした」

一九四七年一〇月になると、共産党軍は次々と勝利をあげた。戦況は共産党に有利となり安定し、毛が李訥を呼び戻すことができるまでになった。一年ぶりの父娘の再会は感動的だった。娘は「お父さん！」と叫んで父親に駆け寄った。迎えた父は娘を抱き上げてくるくる回した。

「お人形さん、いい子のお人形さん、大きなお人形さん、お父さんは寂しくてたまらなかったよ」

七歳になった李訥はもはや筋金入りの小さな革命家といった表情だった。母の江青は元女優だった。毛のいなかったこの一年の間に、江青は京劇の歌曲を娘に教えた。李訥は促されると喜んで父の前でそれを歌った。しかし彼女のお気に入りは毛を礼賛する歌だった。

「国境の空は赤々として、我らが指導者は毛沢東、毛沢東！」

❖――犠牲になり忘れられたソヴィエトの息子

毛岸英は歌を歌ってなどいられなかった。許しを得なければ、父毛沢東に連絡を取る権利もなかった。毛岸英は李訥の兄、正確には異母兄である。母親は毛の二番目の妻だった。一九四七年、岸英は二五歳になり、妹の大好きな愛国精神溢れる歌をもはや良いとは思わなくなった。父親が昔歌うよう仕向けたのだが。毛沢東は息子を鍛えるため、中国人民解放軍の手に委ね、立派な軍人になることを願った。何の特別扱いも受けていないことをはっきりさせるため、彼は名前を変えた。毛沢東の息子だと名乗ることを禁じられたのだ。父親不在のまま生きてきた毛岸英にすればそれほど大変なことではなかった。昔、毛は、たった五歳だった息子を棄てたのである。岸英だけでなく、弟の岸青と母の楊開慧も。

毛岸英の人生はこの時から一転、悪夢となった。一九二七年、毛は別の女と関係を持つようになり、二番目の妻と一方的に縁を切った。離縁された楊開慧は三年後、共産党軍を敵とする国民党軍に捕らえられた。彼女が毛沢東の元妻だったことを知ると、軍は取引をもちかけた。公の場で毛の罪状を認めるか、さもなくば処刑か。彼女は、夫を裏切らない選択をした。楊開慧にとって毛は永遠に夫だった。彼女は二九歳で殺された。その時岸英は八歳だった。

母の処刑の直前、岸英は弟とともに共産党パルチザンの助けによって逃亡し、死を免れた。二人の子どもは上海に送られ、共産党の手に委ねられた。しかし上海はまだ蔣介石率いる軍の支配下にあった。岸英と弟岸青は身を隠して生きるしかなく、学校に通うこともできなくなり、路上生活となった。浮浪児を追い回す警察にしばしば手荒い扱いを受けた。岸青は何度か警棒で強く殴打されたのがもとで、心の傷から一生立ち直れなかった。軽度の精神障害と統合失調症になった原因は当時のこの出来事にある。

七年後の一九三七年、毛沢東がようやく二人の息子をモスクワに送り込んだ。その時二人は一四歳と一二歳だった。親子は一〇年間会っていなかった。再会したとき、岸英は表情が硬く、人を寄せ付けぬ目をしていた。スターリンが中国の同志の長男であるこの少年の教育に自ら乗り出し、ソヴィエト赤軍に入隊させた。岸英は中尉まで昇格し、ロシア南西部のクルスクやポーランドで対独戦に参加した。

「お前は本当にスターリンに会ったのかい?」

一九四五年に岸英と再会したとき、毛沢東は目を丸くした。

「はい、お父様によろしくとまで言われました」

「それは良かった。お前は本当に大きくなった。大きな戦いに参加したお前は、毛家の息子としてふさわしい」

だがそれは言葉だけだった。毛岸英は自分が毛家の本当の一員とはなりえないことを知っていた。スターリンと出会い赤軍によって訓練された息子は、父親の目から見ればますます馴染みのない怪しい存在にしかならなかった。毛沢東は息子の軍人としての教育を一からやり直すことにした。毛岸英は中国人民解放軍の下で、あり得ないほどの虐待を二年間受けることになる。「右寄り」だと責めたてられさえした。思い余った岸英は父親に手紙を書き、忠誠の意を示した。

「私のプロレタリアートとしての姿勢はもはや揺るぎないものです」

と、彼は誓った。しかしそれでも岸英はれっきとした中国の共産党員にしてもらえなかった。一九四八年、岸英は毛沢東が手掛けた農地改革に加わらねばならなくなった。それはつまり、無学の農民に交じって牛馬のごとく田畑で働くことだった。

❖――「**お前たちにやるものは何もない**」

毛岸英が生涯の伴侶に出会ったのはそんな時だった。彼女は劉松林といった。二人は結婚したかったが、そのためには岸英が父の許しを得なければならなかった。面と向かっていきなり切り出すのを避けるため、彼は仲介者を立てることにし、毛の側近の妻に依頼した。何度も話し合いを重ねた末、了解が得られたようだったので、岸英は父に直接会いに行こうと決心した。書斎に入っていくと、毛沢東は書類に目を通している最中だった。岸英はおずおずと尋ねた。「お父さん、松林と僕のことはご承知でしょうか?」

「ああ」

毛は書類から顔も上げずに答えた。

「では僕たちが結婚することをご存じなのですね？」

「結婚？」毛は顔を上げた。「松林はいくつだ？」

「一八歳です」

「一八になっているのか、それとももうすぐ一八なのか」

「来年で一八になります……数か月たてば」

「じゃあ結婚は無理だ。あと一日で一八になるとしてもだ」

毛は手を振って重々しく言った。

「忙しいんだ、出て行ってよろしい」

毛岸英は父の言葉に動揺したあまり気を失った。なぜ毛は息子の幸せを邪魔したのだろうか？　嫉妬だったのかもしれない。松林は大変な美人だった。毛には沢山の女がいたが、若い女を好んだ。最後の妻江青とは二一歳も年が離れていた。息子が再三泣きついた挙句、ようやく毛は結婚を許した。一年後の一九四九年一〇月一五日に二人は式を挙げた。毛沢東が蔣介石率いる軍に最終的な勝利を収め、中華人民共和国の建国を宣言した二週間後のことだった。

息子が結婚した時、毛は成立したばかりの中華人民共和国の国家主席になっていた。とはいえ結婚式はおごそかというより地味に行なわれた。毛にすれば息子はいかなる特権、いかなる優遇も受けてはならなかった。中国の新しい時代が幕開けしたばかりなのだ。毛沢東主義の時代である。だから主席の息子が範を垂れるしかない。結婚式は極力無駄を省かなければならない。花嫁だけはわずかばかりのお情けを頂戴し、新しいズボンと靴一足を与えられた。毛はプレゼントと称して一着のウールのマントを二人に与えた。

「お前たちにやるものは他に何もない。このマントだけだ。夜は毛布にし、昼間は毛岸英が上着にすればいい」

と、毛は言った。

「十分です。足りないものはありません」

松林はおどおどしながら礼を言った。すると毛は招待客の方を向いて言った。

「何か欲しがっても、とにかく何もやるものはないからな!」

❖——毛姓を名乗ってはならない

兄が結婚したとき、李訥は九歳で、自分に姉がいることを知ったばかりだった。李敏という名で、四歳年上だった。李敏は毛沢東の三番目の妻、賀子珍の娘で、幼少期は母とともにソ連に追いやられて過ごした。それは毛沢東の意図によるものだった。一九四九年、李敏は中国に帰る権利を得た。しかし一三歳の娘はロシア語しか話せず、父親のこともまったく覚えていなかった。中国に帰らねばならないと知ったとき、李敏は思い切ってロシア語で毛沢東に手紙を書いた。

国家主席　毛様

貴方が私の生物学上の父親であり、私は貴方の娘であると皆から言われております。しかし、私はソヴィエト連邦にいて貴方にお会いしたことはなく、私たちの関係についても知りませんでした。貴方は本当に私のお父さんで、私は本当に貴方の娘なのでしょうか？　どうか早急に御返事ください。そうすれば、貴方のところへすぐに帰ることができるでしょう。

毛沢東は、まさに李敏は自分の娘であり、会うと返事した。新しい家族に溶け込むため、李敏は大急ぎで中国語を学ばねばならなかった。毛は最初にきちんと父親の権威を示そうと、まず彼女の名前を変えさせた。

このエピソードは李敏の乳母が詳しく語っている。李敏は生まれてすぐ嬌嬌という名前をつけられた。名付け親は周恩来（毛の側近の一人で後の中国首相）の妻だった。李敏はソ連に追放されていた間、つまり生まれてから一三歳になるまで、ずっとこの名前を名乗ってきた。とはいえ、毛沢東は自分の子どもの名前を他の誰かが選ぶことなど我慢できなかった。李敏は父の決定を受け入れ、この名を忘れねばならなくなった。一九四九年のある夜、話は決まった。二件の政治的会合の合間に父親は娘に対する権威を回復した。

「お前は大きくなったから、本当の名前が必要だね」

毛はまだ馴染みのない我が子をじっと見つめながら言った。

「どういう名前になるの？　毛なに？」

「敏という名前になるのさ。敏っていうのは『きびきびしている』『頭がいい』ということさ。その代わり、お父さんの毛という名字はやめるんだ」

「どうして？　お兄さん二人は毛岸英と毛岸青という名前じゃない。どうして私はお父さんの名字を使っちゃいけないの」

「もちろんお父さんの名字は毛だ。だけど革命の間はいくつか別の名前を使っていた。そのうち一番気に入っているのが李徳勝さ！　だからその李という名字を使えばいい」

こうして敏は毛と名乗るのをやめ、妹と同じく李という姓になった。毛岸英と同様、李敏はロシア人のもとで育ったため、中国人の生活習慣が今一つよく分からなかった。その上、一三歳になるまで父親と離れて暮らしてきた。毛にとって李敏がいつまでも馴染みのない子だったのも無理はなかった。

❖───「辛酸をなめる」ことを知る

厳しい父親を失望させなかったのは李訥だけだった。失望させないどころか、かなり有望だと言ってよかった。毛沢東に何かと気に入られたい李訥は、兄姉を蹴落としてでもいいところを見せようとした。一九五〇年六月、朝鮮戦争が勃発した。共産主義国の中国は、瞬く間にこの冷戦時代初の「熱い」戦争に参加することになった。毛は我が子も自らこの戦いの一翼を担うことを望んだ。二人の娘に当てがわれる食料は中国の普通の子どもたちと同量であるべきだと言うのである。いやもっと厳しかった。生存に必要な穀物の一年分の配給量は一人当たり二〇〇キロだというのに、毛は我が子には一四〇キロしか要らない、場合によっては一一〇キロに減らしてもいいと公言した。

だがまだ序の口だった。子どもたちはイデオロギーまで試されたのである。そのテストは、両親と唯一夕食を共にする日曜日に行なわれた。

「お前たちも分かっている通り、国の経済は今回復しつつある」

と、毛は切り出した。李訥は一〇歳、李敏は一四歳だった。

「我が国は建国したばかりだ。延安の更正運動［思想を正すという名目で行なわれた反対派粛清運動］

の精神を守らなければならない。今日は、お前たちがきちんと守っているかどうか、ちょっとテストしよう」

毛はこの時、一九四二年から一九四四年にかけて初めて大規模に行われた中国共産党の粛清［整風運動］をほのめかす言い方をした。互いに告発しあい、毛沢東主義を心から信奉していることを証明せよとでも娘たちに言いたかったのだろうか。最初に反応したのは李訥だった。彼女は姉の李敏に目配せして罪を告白するよう促した。

「お父さん、私はコックに饅頭(マントウ)を作ってと頼みました。ごめんなさい……でも私だけじゃありません」

今度は李訥が同じ罪を打ち明ける番だった。毛は激怒した。

「お前たちは何様だと思っているんだ？　よその子は皆、粟やら硬い種やらを食べているんだぞ」

二人の娘は震え上がった。李敏が慌てて自己批判を始めた。

「饅頭(マントウ)が贅沢だなんて知りませんでした。今理解しました。気を付けることを約束します。何もかもお父さんの言うとおりにします」

李訥は父が自分に対してはそれほど怒っていないのが分かっていたが、父を喜ばせようと、脇から言った。

「お父さん、私も改めます」

「上出来だ！」

毛は李訥を腕に抱き留めて叫んだ。

毛岸英は長い軍事訓練を終えた。朝鮮戦争のお蔭で、岸英は前線で軍人として頭角を現すことになる。一九五〇年一〇月末に父親が彼を戦地に送ったとき、岸英は二八歳、結婚してちょうど一年後だった。防衛上の機密だというのを口実に、妻には出征することを言わないよう、毛沢東は釘をさした。彼の人生は彼自身のものではなく、彼の父親の手中にあった。だが、毛岸英は戦地に着いたと思う間もなく死んだ。オーストラリア軍の空爆を受け、彼のいた建物が破壊されたのである。知らせを受け取ったとき、毛沢東は何の動揺も見せずに秘書に言った。

「戦争で死者が出るのは当然だろう」

めったに涙など見せないはずの継母の江青でさえ、若い岸英の非業の死に涙した。一九五三年七月に朝鮮戦争が終結するまでの二年半、毛岸英が残した妻はその悲しい事実をまったく知らなかった。この時も毛が軍の機密事項だと言って息子の死を伏せたのである。毛家の人間が敵に殺されたことを知られたくないというのが毛の本心だった。それでは中国の国家主席としての面目が立たないと毛は思った。

誇大妄想狂になった毛は周囲の人間を次々と確実に粛清していった。毛が政権を握ってからの一年で、三〇〇万人近い『反革命分子』が処刑された。松林を心配させないため、毛はまだ生きているかのように息子の話をし続けた。皆の前で毛岸英についてでたらめを言いさえした。とうとう休戦が成立したとき、松林は夫の死を義父の口から聞き、悲嘆に暮れた。しかし毛沢東から気丈に振る舞うように言われ、懸命に悲しみを押し隠した。毛の口癖で、すべての者は「辛酸をなめ」、試練に耐えて強くならねばならなかった。子どもたちや家族は率先して範を垂れるべきなのだ。可愛い李訥も例外ではなかった。

✣——政治的後継者

一九五八年二月初め、一八歳になろうというとき李訥は入院した。二回の手術を受けた後、感染と高熱に悩まされた。毛沢東は一度しか見舞いに来なかった。「大躍進」政策の実施で毛は多忙を極めていた。この産業発展計画は、数年で中国を農業国から世界に誇る製鉄国家に変貌させるという壮大なものだった。しかしそれは途方もない災難となった。製鉄に駆り出された農民は作物の収穫まで手が回らなくなった。地方に飢饉が広がり、五〇〇〇万人近い中国人が餓死した。

党専属病院の快適な病室にいた李訥は、壁の向こうでどんな悲劇が起きているか、想像もできなかった。甘えっ子の彼女は、自分が苦しい思いをしているのにどうして父親が来ないのか理解できず、誰憚ることなく医師たちに不平を漏らした。とはいえ、彼女はしっかりしていた。手術の間も泣かなかったわ、といきり立つので、看護師が思わず、麻酔をされたのですから泣かずに済んだのですよ、と答えた。幸い、居合わせた毛の政治局のメンバーが即座に看護師の失言を取り繕った。中国国家主席の娘の言うことは常に正しいのだ。

「麻酔をしなかったとしても、お嬢さんはきっと泣かなかったでしょうね。我々の中では、あなたは小さな英雄ですから」

と、脇から用心深く言った。李訥は我が意を得たりと言わんばかりだった。彼女は小さな優れた兵士であり父親の愛娘でありたかった。彼女の性格は瞬く間に変わり、さらに少し激しくなった。共産党指導者毛沢東の政治的後継者であることを李訥は自覚していた。彼女は手本を示すため、贅沢や快適さを一切断ち切った。公用車が自由に使える身分でありながら、もっぱら古い自転車で移動した。子どものとき、父親と一緒に爆撃を経験したけれどちっとも怖くなかった、というのが自慢だった。

文化大革命さなかの一九六六年、李訥の努力がようやく報われた。毛沢東は李訥を側近に据えることにした。彼女はわずか二六歳で、中国随一の大新聞である人民解放軍の機関紙に職を得た。このプロパガンダ機関で、彼女が毛沢東の思想と意図を代弁するというのが父親の狙いだった。最初、彼女は控えめに大人しく振る舞っているように見えたが、瞬く間に過激になった。自分の前では直立不動の姿勢でいるよう誰彼構わず命じ、逆らう者には、

「銃殺してやる！」

と、脅した。自分の書いた記事が掲載されると、李訥は毛のところに飛んで行って見せた。

「お父さん、今日の解放軍報に『赤い短刀組』っていう記事が載ってるんだけど、私が書いたのよ！」

李訥は小躍りした。

「もう読んだよ。可愛い娘はもう大人だね。もうお人形じゃなくなった……」

「いいえ、私はいつまでもお父さんの大きなお人形なの。三〇になっても四〇になってもね。そしてお父さんはいつまでも私のお父さん……」

一九六七年八月、新聞社の幹部全員が投獄され、毛の「大きなお人形」が経営者になった。現政権の最有力者、全国民が神のごとく崇めるあの男の娘かと思うと、李訥には誰も逆らえなくなった。当時、毛沢東に面と向かって異を唱えることは自殺行為だった。

「人民の敵」、有産階級、知識人など、文化大革命を妨げるすべての人々に「紅衛兵」が目をつけて標的にし、恐怖の種を蒔いた。暴力がはびこり、数か月で中国は再び内戦の危機に陥っ

た。瞬く間に収拾のつかない一触即発の事態となった。共産党内部で、毛沢東は窮地に追いやられ、地位を保つために消極策を取らざるを得なくなった。文化大革命の暴走に加担した者は残らず追及され、犠牲にされた。李訥もその一人だった。一九六八年、彼女は解放軍報社を辞めざるを得なくなった。とはいえ父毛沢東は李訥をかばい、北京市党委員会副書記に任命した。

✣——心がひび割れるとき

しかし手遅れだった。李訥にとって生まれて初めての挫折だった。プレッシャーがあまりに強く、彼女は抑鬱状態となり入院した。まずそれが主な病状だった。政治体制の暴走、粛清、自殺の教唆、脅迫が彼女の心の健康を奪った。

彼女が何よりつらかったのは、父がますます忙しく、会えなくなったことだった。三一歳になっても李訥の父への思いは子どもの頃と変わらなかった。ある日毛沢東は、もう大人だし、自分の人生を歩むべきだから、親の自分がいなくても生きる覚悟をしなければいけない、と彼女に言った。すると李訥は、絶対にお父さんのそばを離れたくない、いつまでもずっとそばにいる、と叫んだ。

「昔は、四世代が同じ屋根の下で暮らすことなんてざらだったでしょ！」

と、いうのが、そばに置いてもらうための言い分だった。父は一生の恋人だったのに、失恋した思いだった。行き場を失った彼女は結婚に走った。選ばれた果報者は使用人だった。李訥が先手を打ち、未来の夫に既成事実を突きつけた。彼に選択の余地はなく、毛沢東の娘が決めたとあっては従うしかなかった。李訥は父から結婚祝いとしてマルクスとエンゲルスの著作を贈られた。結婚式は寂しく、毛も李訥の母江青も来なかった。家族は花婿が気に入らず、毛家に相応しくないというわけだった。

婿は間もなくスパイ行為で訴えられ、妻からはるか遠く離れた町へ追いやられた。数週間後の一九七二年五月、李訥は男の子を産んだ。スパイの子だからと、毛夫妻は孫を抱こうともしなかった。

李訥の姉李敏はようやく再び父に会えた。しかしそれは父が死ぬ数日前、病院のベッドの上だった。一九七六年六月末、毛沢東は脊髄をシャルコー病［筋萎縮性側索硬化症］に侵され、身体の自由をほとんど奪われていた。絶対的独裁者として世界一人口の多い国を率いて三〇年近く経っていた。八二歳になった毛は、五〇〇〇万人の中国人の死を招いた、疲れ果てた一人の男だった。

彼の政治家としての評価は地に落ちていた。国は危機に瀕し、生産システムは旧態依然としており、経済基盤は脆弱だった。すでに醜い後継者争いをしていた政府の幹部らは彼の死を待ち望んでいた。妻の江青すら、重体の中国共産党の最高責任者を前にこっそり企み事をしていた。毛が認知した一〇人の子どものうち、生き残っているのはわずか三人だった。末息子の毛岸青は軽度の精神障害だったが、中国北部の政治委員に任命された。毛は岸青を自分の子どもと思っていなかった。二人の娘だけがいつまでも毛に忠実だった。

李敏は父を恨んではいなかった。彼女は一〇年以上も父に会うことを禁じられた。

「夫と一緒に何度も来ましたが、お父さんは仕事で忙しいと言われました。入室許可ももらえなくて……」

初めて面会が許されたとき、彼女は父にそう言った。四〇歳になっても李敏は父をほとんど知らなかった。しかし、彼女はいつまでも父を崇拝し続けた。彼女は最後まで父を見舞いに来た。九月九日夜半、毛沢東は死んだ。李訥に知らせたのは李敏だった。李訥は精神的に参っていて駆け付けることができなかった。証言者によると、亡くなる数時間前、毛は他の子どもたちや妻たちがどうしているか、知りたがったという。それまでずっと見捨ててないがしろにしてきた妻や子のことを。

それから四〇年近く経ち、中国は変わった。毛沢東の像の数は減ったが、中華人民共和国初代国家主席のぽってりした横顔は相変わらず世界第二位の規模を誇る銀行の紙幣に刷られている。毛は再び国家の誇り、政治体制の象徴となったのだ。

二人の娘は今や七〇代の老女である。最近、中国では二人の存在がにわかにクローズアップされているようだ。歴史に対する意趣返しのように、彼女たちは父の死によって放り込まれた虚無の世界から再び立ち現れた。李訥は約一〇〇ユーロの公務員の退職年金を受け取っている。いまだに抑鬱症に悩まされるが、度々行われる古参の毛沢東主義者の式典にはできる限り出席する。

李敏は父親を聖人化した伝記を次々と出版している。李敏の娘孔東梅がその熱意を受け継ぎ、見事に巨額の富に結び付けた。孔東梅は中国の長者番付上位五〇〇人のうちの一人となった（中国のＳＮＳでは皮肉が飛び交った）。利益の大部分は彼女が書いた毛沢東に関する四冊のベストセラーによるものだ。さらに彼女は二〇〇一年に「赤い文化」を賛美する書店と出版社を立ち上げた。毛と名乗ることを許されなかった女たちの見事な巻き返しだ。

第5章

チャウシェスクという名の重荷

マリオン・ギュイヨンヴァルシュ

一九六五年、共産党書記長に就任したニコラエ・チャウシェスクは、当初、開放政策推進派とルーマニア国民から思われていた。しかし間もなく状況は悪化した。穏健な指導者だったはずの男は、妻エレナとともに、絶対的権力を振りかざす暴君、誇大妄想狂の独裁者となり、一九八九年の急激な政権崩壊まで圧政は続いた。エレナは三人の子どもを産んだ。娘のゾヤは自由を求めてやまなかったが、政治体制に反対することはなかった。革命後、ゾヤはチャウシェスクという名字を背負いながら、一族の遺産を死守するため闘った。

一九八九年クリスマス。ルーマニアの夜の静寂に一発の銃声が響き渡った。ルーマニアを支配し続けた独裁カップル、ニコラエ・チャウシェスクとエレナ・チャウシェスクはトゥルゴヴィシュテの兵舎の庭に倒れた。その時、ブカレストで、彼らの娘ゾヤの人生も一気に暗転した。チャウシェスク家の一人娘が二人の兄弟、ニクとヴァレンティンと共に逮捕され、投獄されたのである。革命は数日間で、ゾヤを大切な後継者から人民の敵に変えた。ショックは大きかった。生まれてこ

アメリカのリチャード・ニクソン大統領(中)、ジェラルド・フォード(左)と会談するチャウシェスク(1973年)

のかた、ゾヤは共産主義の恩恵しか知らなかったのだから。

❖――申し分ない娘ゾヤ

ゾヤは一九四九年三月一日に生まれた。長男のヴァレンティンと年子だった。ドイツ人に殺されたソヴィエトのヒロインに因んで命名されたゾヤの人生には、共産主義と悲劇がすでに影を落としていた。父親のチャウシェスクはまだ指導者［コンドゥカトール］、すなわちルーマニアの命運を握る絶対的権力者ではなかった。とはいえ、農地の国有化を担当したことから、中央委員会の委員、農業省の次官と要職を占めた。ゾヤの母エレナは、国際的に著名な大学者となる妄想を抱くこともなく、家庭の主婦におさまっていた。

チャウシェスク家は当時、ブカレスト北部の「赤い地区」プリマーヴェリに住む、平凡な共産党の幹部の家庭だった。一九世紀の邸宅が建ち並ぶこうした街に、ルーマニアの特権階級が、国民の羨望の視線と現実をよそに固まって住んでいた。「皆がもうすぐ営めるようになる、と当時の政権が謳っていた通りの生活をしていた。お金を持たず、党にすべてを委ねる生活だった」、と共産主義時代を専門とする歴史家ラヴィニア・ベテアは書いている。「外国の代表団や党の地方支部からの贈り物はもちろんのこと、必要以上のものを皆が受け取っていた」。

そこでの生活は安らかで快適で、労働者がひしめく、灰色の箱が並んだような団地や、国営化で荒れ果てた田舎からははるかに隔たっていた。共産党の夢物語に異を唱える勇気ある人々が拷問にかけられる牢獄とも無縁だった。ゾイカと呼ばれたブルネット美人のゾヤは、慎重な兄ヴァレンティンと変わり者の弟ニクの陰で、母方の祖母アレクサンドリナ・ペトレスクに見守られながら育った箱入り娘だった。祖母は「ゾヤに信仰心を伝えた非常に敬虔な女性だった」とラヴィニア・ベテアは書いている。

ゾヤの人生が最初に大きく変わったのは一九六五年三月だった。党の出世の階段を一つ一つ上り、ナンバーツーの地位についていた父親が、筋金入りのスターリン主義者ゲオルギュー・デジの死にともない、第一書記に選ばれたのだ。一六歳のゾヤはスポットライトを浴び、それからというもの、名を知られるようになった両親とともに「模範的」でなければならなくなった。ソ連と距離を置き、ヨーロッパの目には開放政策の象徴と映ったニコラエ・チャウシェスクは、自らを伝説的人物に仕立てることに執着した。チャウシェスクにとって、模範的な夫婦や家庭のイメージはうわべを飾りたてるのに欠かせない要素だった。

ゾヤは申し分ない娘の役割を見事に果たしているように見えた。優等生のゾヤは、一九六六年に一七歳で名門ジャン・モネ校に入学した。ゾヤは共産主義教育で純粋培養され、その成功のシンボルだった。母親に倣って著名な科学者になることを期待された彼女は、入学試験を受けずに数学科に進んだ。少し前から新しい規則のお蔭で、優秀な生徒は試験を免除されることになっていた。陰なる噂では、この措置はニコラエ・チャウシェスクの娘に対し特別に適用されたようである……。

公式写真に写っているゾヤは、両親や兄弟のそばでにっこり微笑みかけている。白黒のフィルムには、娘にキスする父親、カメラの前でぎこちなくされるがままになっている娘が映っている。理想の家族は田舎で、海辺で、公式の式典で、プリマーヴェリの自邸でポーズをとっている。しかしその完璧な家族の像は気づかぬうちに崩壊していた。ゾヤは自由な精神、家族という縛りからの解放を願う自由奔放な魂の持ち主でもあったのだ。

✣──監視付きの恋

一九七〇年代初め、自由の風がブカレストに吹き、ニコラエ・チャウシェスクはヨーロッパ諸国の元首を迎え、穏健な指導者を演じた。検閲はまだ徹底的に行なわれていなかったし、秘密警察セクリターテはまだ一九八〇年代のように執念深い全体主義の手先となってはいなかった。ゾヤはその若さと美貌にまかせ、思い切り青春を謳歌しようとしていた。講義が終わると彼女は、どんちゃん騒ぎに明け暮れる弟のニクの仲間のところへすぐさま飛んで行った。そこには「プリマーヴェリの連中、サッカー選手、芸術家」たちがいた、とラヴィニア・ベテアは書いている。

ミニスカートやジーンズをはき、煙草をすぱすぱ吸いながら、ゾヤは陽気に浮かれ、楽しんだ。彼女は自由気ままな友達付き合いをし、芸術や書物に深い関心があった。数年後にゾヤが恋をすることになる作家のペトル・ポペスクは彼女と初めて会ったときのことを覚えている。「はっとするほど綺麗なブルネットの娘だった。ボディガードつきで、ブカレストの街でメルセデスのクーペを乗り回していた」と語っている。「共産主義青年連盟が主催する行事でよく彼女に会った。彼女はいつも奇抜な服装をしていて、ブカレストの地味な色合いにそぐわなかった」

若いゾヤはその名前と振る舞いで周囲を惹きつけた。歴史の皮肉か、最初の頃彼女に熱を上げたのは、どこから見ても好青年の党幹部の息子で、名前はペトレ・ロマン……一九八九年の革命を指導し、ニコラエ・チャウシェスクが死んだ翌日から首相になった男である。公園の散歩、山での出会いなど、独裁者の娘と、独裁体制を打倒することになる男の禁じられた恋物語が、革命後に噂となって流れた。ゾヤとの関係を猛然と否定したはずのペトレ・ロマンが、曖昧ながら結局認めたのは、二〇一一年に行なわれた日刊紙Evenimentul Zileiの独占インタビューの時だった。

「ええ、何もなかったわけではありません。何度か会いましたが、付き合ったというほどではありません。私はトゥルーズに（留学に）行きましたから」

ニコラエ・プレシータ将軍は元セクリターテの指導者で、この束の間の恋物語をメディアに暴露した張本人だが、彼によると双方の両親は一度顔を合わせたことがあるようだ。頭の固いエレナ・チャウシェスクが、ソ連寄りのウォルター・ロマンの息子と娘が付き合うなどとんでもないと言い、ペトレをフランスに追いやるよう指示したらしい。

チャウシェスク夫婦、特にエレナの方は子どもたちを常に支配下に置きたがっていた。決定権は親にあると常々言い含め、自分たちの価値観を押し付けた。親に従っていることを確認するため、子どもたちをセクリターテに厳しく監視させ、どんな些細な出来事や行動も報告させた。ゾヤは、贅沢に暮らしていたが牢獄にいるような気分だった。そうした思いは兄たち以上に強かった。

「この見張りには二つの理由があった。我が子がルーマニアの若者の模範となるべきだという思いと、資本主義のスパイやKGBのスパイといった危険人物が子どもの周りに潜入するのではないかという懸念だった」

と、ラヴィニア・ベテアは述べている。

しかし、ゾヤは絶えず監視されていることに耐えきれなかった。政府の高官の警護に当たっ

ていたセクリタ―テのスパイ、ドミトル・バーランは一九七一年から一年半にわたってゾヤをぴったり尾行した。革命後、彼は、

「我々の間で彼女は登録番号二〇二でした。彼女がどこへ行こうと付いて行きました」

と、ルーマニアのメディアに語った。彼はその特殊な立場上、ゾヤが自由な女として生きようと必死でもがき、両親と何度も激しく口論するのを目撃している。言い争いの原因の多くは交際相手だった。ルーマニア一の花嫁候補のゾヤが選ぶ相手に母親は首を縦に振らなかった。

一九七二年、ゾヤはルーマニア北西部の都市クルジュの婦人科医ダン・ヴィンクズに夢中になった。エレナ・チャウシェスクは二人の交際に渋い顔をした。ヴィンクズの家系にハンガリー人がいたからである。親子喧嘩となり、ゾヤは家を出た。「イラン国王［シャー］から贈られたメルセデスが北駅に乗り捨てられていました。ゾヤを隈なく探すよう命令が下され、ルーマニアの北のはずれ、シゲト・マルマツィエイの友人の家にいるところを見つけました」

とドミトル・バーランは記憶している。

ゾヤは結局ブカレストに帰った。プレシータ将軍が空港で彼女を迎え、厳重に護衛して両親の元に送り届けた。数年後、懲りないゾヤは当時付き合っていたジャーナリストのミハイ・マテイと駆け落ちした。セクリタ―テは緊急態勢で、山中のホテルにいた二人を見つけて連

れ出した。この逃避行の後、二度と同じことが起こらないように、未婚カップルのホテルの宿泊を阻む法律が急遽可決された。ゾヤはプリマーヴェリの家に戻ったが、ミハイ・マテイはギニアに「追っ払われ」、ルーマニアに帰国後まもなく不審な死を遂げた。政治警察が裏で手を回したのではないかと疑われている。

作家のペトル・ポペスクも一時期ゾヤと恋愛関係にあった。東ベルリンの共産主義青年連盟の訪問のときに二人は知り合った。

「私はすでに本を二冊書いていた。体制を批判するものだったが、検閲があったにもかかわらず出版された。共産党知識階級の中で私はちょっとした顔だった。飛行機の中で再び彼女と隣り合わせになり、ずっと喋りっ放しだった」

と、ペトル・ポペスクは振り返っている。一九七三年の数か月間、ポペスクは独裁者の娘と交際することになる。共産主義青年連盟で偶然を装って会ったり、チャウシェスクの南米訪問の際はルーマニアの報道陣として取材のため同行したりした。「ファラオの娘」と呼んだゾヤにポペスクは夢中になった。

「活発ですらりとしていて情熱的で、気が強いのに甘い魅力がある。彼女は私のような世間知らずの心を奪うには持って来いだった」

セクリターテに常に付きまとわれながらも相思相愛の二人は、最後までプラトニックな関係だった。めったにないほど特別な存在になったポペスクはゾヤの心の奥まで知った。

「ゾヤは父を尊敬し、父の暴走もすべて許していた。父は若いときに散々苦労したから仕方がないと彼女は思っていた。ゾヤは自分の選択にいちいち口を入れる我が儘な母親と対立していた。絶え間ない監視を煩わしく思いながらも慣れっこになっていた。それは権力に近い位置にいるための代償だった」

ゾヤは当時の政治体制を批判するどころか、父の選択を是認し、ただ「党の若返り」を期待するだけだった。そのゾヤが逃亡計画をペトル・ポペスクに持ち掛け、説き伏せた。

「私たちはペルーに行った。あなたがこの先反体制的小説を書き続けられるとは思えないし、今に本当の社会主義の姿を思い知らされるわ、とゾヤは言った」

数か月後、ペトル・ポペスクはアイオワ大学に招待され、ニコラエ・チャウシェスク自らの承認を得て渡米した。好ましくない求婚者が厄介払いでき、チャウシェスクはほくそ笑んだ。ポペスクはそのまま戻らなかった。

ゾヤはなおも自由を求め続けた。両親の反対を押し切って短い間ながら結婚もした。

「ゾヤはディヌ・アンジェレスクという歴史学の教授と結婚した」

と、ラヴィニア・ベテアは書いている。

「ゾヤは彼を普通の男だと思っていた。彼はチャウシェスク家の娘としてではなく、ありのままのゾヤを愛していた」

しかしもちろん両親はこの結婚を許さず、何としても二人の仲を引き裂こうとした。「チャウシェスク夫婦がこの結婚を認めていないことを知っていた役所は、新婚夫婦に対し、慣行通りに住居をあてがわなかった。ゾヤたちはチャウシェスク夫婦と同じ屋根の下で暮らさねばならず、この結婚は早々に破綻した」

ラヴィニア・ベテアは悲しい真実を一言で表している。

「エレナ・チャウシェスクは娘の恋愛をことごとくぶち壊した」

革命後に行なわれたゾヤの貴重なインタビューが、二〇一三年夏にようやくルーマニアのテレビで放送された。ゾヤは母親との対立と抑圧について遠まわしに語っている。「三人の子ども一人一人を監視させたのは主に母でした。行動が逐一記録され、恋愛はご法度でした。セクリターテから両親に届けられた情報がもとで、何度か険悪になりました」。

──反抗しない娘

当時、チャウシェスク家がピリピリした空気に包まれていることはメディアにまったく知られていなかった。長男のヴァレンティンは、チャウシェスクの政敵の娘と結婚してからというもの、家族とは距離を置き、目立たない生活を送っていた。後継者とされ、母親お気に入りでもあった息子ニクは乱痴気騒ぎに明け暮れながら、権力中枢に食い込もうとしていた。父親はニクに大きな期待をかけていた。

チャウシェスクは二人の党の高官に息子の教育を委ねたが、兄や姉と異なり、ニクは勉強が苦手だった。それでもどうにか大学入学資格試験に合格し、物理学を志した。まだ学生の身で政界に入り、いきなり共産主義青年連盟の第一書記になった。一九八二年には党の中央委員会の委員に選ばれた。ニクの前途は洋々たるものに思われたが、賭博狂い、アルコール中毒というもっぱらの噂、サダム・フセインの息子との交遊、ニクが絡んだセックス・スキャンダルはルーマニア中の顰蹙を買った。しかしプロパガンダに不可欠な要素である理想的な家族のイメージだけは固く守られていた。

「チャウシェスク家やその私生活が世間の口の端に上ることはなかった。馬鹿げた宴会や恋愛沙汰が噂になることはあったが、その程度だった。チャウシェスクの周囲の者たち、警護の担当官たちは全員厳しく口止めされていた。皆がペラペラと喋り出したのは革命後だった」

と、ラヴィニア・ベテアは述べている。

ゾヤは絶えまない監視に非常に悩まされたが、家族には忠実であり、政治体制に異を唱えたことは一度もなかった。

チャウシェスクのプロパガンダポスター(1986年)

「親子関係は常に良好だった。時折意見が対立することはあっても、誰も亡命など考えなかった。そんなことをすればニコラエとエレナのイメージにとって致命傷となっただろう。いずれにしても弟のニクと同様、ゾヤはひ弱だったので一人で外国で生きていくことなど無理だった」

チャウシェスク家の一人娘は表に立つ役割を演じようなどと思ってもみなかった。

「ニクと異なり、ゾヤに政治的役割はなかった。共産主義青年連盟の指導者に担ぎ出されたものの、お飾りにすぎなかった」

キャリアの面でも目立とうとしなかった。頭の切れるゾヤは学部を卒業した後研究の道に進み、数学研究所の准教授になった。ニコラエやエレナにすればそれほどの地位ではなかったが、いずれにせよその研究所はチャウシェスク夫婦によって閉鎖され、ゾヤは科学技術創造研究所の数学科のリーダーになった。彼女は二〇本ほどの論文を学会誌に発表したが、仕事ぶりは地味で、名誉を求めなかった。いくつもの肩書と論文のある化学者という触れ込みの母エレナと対照的だった。論文といってもたいてい誰かが代筆したものだったが……。

一九八〇年、ゾヤはエンジニアでブカレスト理工大学教授のミルチャ・オプレアンと結婚した。黒海の高級リゾート地ネプトゥンで休暇を過ごしているときに、いとこの紹介で知り合った。今度は両親の同意が得られた。ゾヤは三〇歳だった。ミルチャは大学の幹部で申し分ない経歴の持ち主だった。エレナとニコラエはようやく娘を手放すことにした。新婚夫婦はブカレスト中心のヴィクトリエイ通り近くの豪邸に住み、落ち着いた生活をした。犬を散歩させたり、仕事をしたり、スナゴフ湖畔や沿岸地方の別荘にチャウシェスク夫婦を訪ねたりした。必要なものは党から支給された。国民は物不足にあえいでいるときに、彼らは安穏と暮らしていた。

ニコラエ・チャウシェスクは突如として常軌を逸した暴君に変身した。異常な誇大妄想狂となった彼は、ブカレストの市街地を破壊しつくして自らの栄光を讃える宮殿を建て、自由を制限し、セクリターテがまき散らす恐怖によって国を支配した。ルーマニアは荒廃し、配給と窮乏と闇市が日常化した。

穏健派と言われた大統領は今や、国民が飢えと自由への渇望にあえいでいることも知らず、現実から目を背ける偏執症の独裁者になった。ゾヤもこうした現実に疎かった。ゾヤは自分の研究所のため資金を調達したり、同僚が外国のシンポジウムに参加できるよう取り計らったり、彼らのために貴重な薬を入手したりして、周囲の人々の日常的な便宜を図ることくらいしかしなかった。

彼女は弟ニクと違って政治に関わるのは嫌だった。一度だけ、彼女は本気で父親に刃向かったことがある。一九八四年、父がブカレストの歴史的記念物を次々と破壊し始めたときだ。

「ゾヤは何度も父に反論した。特にミハイ・ヴォダ教会が破壊されたときは激しかった」

と、彼女の夫は一九九〇年に逮捕されたとき語った。

❖――失脚と拙速な裁判

一九八九年一二月に起きた革命はゾヤたちチャウシェスク一家にとって青天の霹靂だった。ティミショアラはすでに反体制の熱気に包まれていたが、チャウシェスクは政権が安泰であることを示すため、一二月二一日にブカレストで演説をすることにした。老いたチャウシェスクは中央委員会本部のバルコニーに立ち、震え声で話し始めた。叫び声が聞こえた。

「ティミショアラ！　ティミショアラ！」

ルーマニア初の自由都市を宣言したばかりの町の名前を叫ぶ声だった。爆発音が起き、演説の中継は打ち切られた。ルーマニア国民は独裁者が動揺したことを察し、町に繰り出しデモに参加した。

ゾヤは中央委員会本部から数百メートル離れた自宅にいた。両親は娘に自分たちのところへ来るよう言った。向かう途中で、ゾヤと夫は、ブカレストの町中がデモ隊に覆い尽くされ、軍の戦車が正面に陣取り威嚇しているのを目の当たりにした。ゾヤは党本部で両親と兄のヴァレンティンに合流した。ニクはシビウにいた。

「私は母と話し合いました。ヴァレンティンはティミショアラを初めとする事態の深刻さを訴えましたが、母は何も問題はないと言い張りました」

と、一九九〇年一月に尋問された際、ゾヤは答えた。ヴァレンティンは打開策として「制度を改革する」よう父の説得に努めた、と主張している。しかしチャウシェスク夫婦は聞く耳を持たず、子どもたちの訴えも虚しかった。

「父は（現場で軍を指揮していた）コマン将軍から、抗議デモを呼びかけるティミショアラの檄文を受け取り、別室で読みました。一、二分経って戻ってきたとき、どうしたのかとヴァレンティンが尋ねましたが、父は答えませんでした」

チャウシェスクは別室で妻に事の重大さを正しく伝えた。数分後、子どもたちはその場を辞した。

「夫とヴァレンティンと私は出て行きました。父が疲れたから寝たいと言いましたから」

ゾヤは知るよしもなかったが、それが両親の見納めとなった。

翌日、チャウシェスク夫婦はヘリコプターで逃亡した。ルーマニアの田舎をあちこちさ迷い、車を乗り継いで逃走したあげく、ブカレストから北西一〇〇キロほどのトゥルゴヴィシュテでとうとう軍に捕まり、兵舎に監禁された。一二月二二日に両親の逃亡を知ったとき、ゾヤは即刻家を出た。もはや家が安全とは思われなかった。

ゾヤとミルチャは、ドロバンティに住むいとこのゲオルゲ゠ドドゥ・ペトレスクの家に避難した。ドロバンティはブカレスト北にある瀟洒な一角だった。その数時間後、ヴィクトリエイ通りのゾヤの家は暴徒に襲撃された。ゾヤはドロバンティに三日間身を隠し、事の成り行きを窺った。一二月二四日、自ら新当局に接触し、夫とともに逮捕された。非難の的である圧政者の娘に一斉に憎しみが向けられ、長い間こらえていた怒りがゾヤに集中した。アル中のあばずれ女という評判が立った。テレビ局が彼女の別荘に勝手に押しかけ、ゾヤの秘蔵の「財宝」をことごとく調べ上げた。

実際は法外な贅沢品などなかったのだが、長年窮乏生活を送ってきた国民の目に、ただのビデオデッキや、食物の詰まった冷蔵庫が贅沢の極みに映るのだった。ある映像では、ありふれた金属の秤をカメラが捉えた。「純金製です。犬にやる肉の重さをこれで量りました」と解説者が言った。まったくのでたらめだが、どうでもよかった。革命家たちは、ルーマニア人が食物を求めて行列している間、チャウシェスクの娘は王女のごとき暮らしぶりだったことが証明できればよかったのだ。

一二月二五日、拙速な裁判もどきが行なわれた後、チャウシェスク夫婦はトゥルゴヴィシュテで処刑された。ブカレストの兵舎に監禁されたゾヤは、ルーマニアを初めとする世界中の人々と同じように、両親の死をテレビで知ることになる。

「その日の夜（一二月二五日）、例のカセットテープが流れたとき、ゾヤは二人が処刑されたことを察したのです」

と、弁護士のハラランビェ・ヴォイチラスは二〇〇五年に語った。

「放送を聞くため部屋に集まった軍人たちは、思い切り音量を上げました。独房の壁越しにほとんど丸聞こえで、ゾヤは恐怖に震えました」

四〇歳のゾヤは自分の家族も世界も目標も、あっという間に消え去ったのを知った。打ち倒すべき象徴となったゾヤは、ルーマニア経済を崩壊させた廉で取り調べを受けた。オルテニタ、そしてブカレストで二三七日間の獄中生活を送った。このつらい経験は後々まで心に深い傷を残した。元共産党幹部で共に勾留されたドミトル・ポペスクは、当時のゾヤが、

「げっそり痩せ、目はうつろだった」

と、述べている。独房の壁に囲まれながら、ゾヤは書くことに心の支えを見出した。自分に宛てて、あるいは同じく獄中のミルチャに宛てて、投函しない手紙を思いつくまま何通も書き連ねた。感受性豊かで文学的才能が窺えるこれらの手紙は革命後に出版された。夫に宛てた手紙のなかで、ゾヤは悲しくてたまらないと打ち明け、

「本当につらいと思いますが、どうか身体を大事にしてください。私たちは強い人間となり

耐え忍ばなければいけないのです。穏やかな日々を取り戻すためには、精一杯の力と勇気が必要ですから」

と、書いている。

ゾヤの予測は正しかった。夫と兄ヴァレンティンに続き、条件付きで釈放された彼女は一九九〇年八月一八日に出所した。彼女は生涯夫と兄に寄り添って暮らした。ニクだけが、一九八九年一二月にシビウの蜂起を弾圧した罪を問われ、懲役二〇年の判決を受けた。一九九二年に健康上の理由で釈放されたが、一九九六年にウィーンの病院で亡くなった。出所したとき、その昔何もかも持っていたゾヤは何もかも失っていた。

独裁者の娘は革命後のルーマニアで生き抜くため、闘わねばならなかった。チャウシェスクという名前のために、あらゆる所で道は閉ざされた。勾留されている間に、彼女の家も財産もすべて没収されていた。ゾヤとミルチャは友人や親せきのところに何か月も居候した。彼女は革命前まで我が物顔で勤めた研究所に再就職したいと申し出たが、断られた。夫はようやく理工大学に復職した。

一九九六年、ゾヤは研究所に復帰するための働きかけをやめ、退いた。この年、ゾヤは兄とともに、あらゆる容疑がルーマニアの法廷で斥けられ、身の潔白が証明された。ゾヤと夫はブカレストの閑静な地区コトロチェニに居を構えた。

「彼女は数人の友達に支えられながらひっそりと暮らした。ヴァレンティンと同様、公的生活から一切手を引いた。人前に出ればそれだけつらい目にあうだけだとゾヤは思っていた」とラヴィニア・ベテアは述べている。

慎ましい生活ぶりだったものの、ゾヤは家族の遺産は守ろうと固く決心していた。家族の思い出だけは失いたくなかった。二〇一三年夏に放送された番組で、ゾヤは一度だけ、ニコラエ・チャウシェスクと独裁政治の迷走に言及した。

「権力はすべてを変えてしまいます。向上させるのではなく、逆に低下させるのです」と、彼女はカメラに向かって言った。父親の振る舞いについて説明しようとするゾヤの姿は見る人に強い印象を与えた。

「父は分別と勇気を失ったのだと思います。父はひとつの国を一人で治めようとしました。いくらルーマニアが小国でも、それは手に余るものだったような気がします。そこが主な間違いでした」

ゾヤは決して自分の過去を否認しなかった。彼女の死後、獄中で書いた文章をまとめた本が「墓の中の二三七日」という題で二〇〇七年に出版された。その中で、彼女は共産主義時代の生活への変わらぬ愛着をはっきりと述べている。

「思い出の詰まった財産を誰かが私から奪うことはできても、記憶は奪えない。事実を曲げることはできても、私の経験は曲げられない。私の言葉をゆがめることはできても、私の心の中のつぶやきはゆがめられない。私は過去そのもの、私の心の大事な部分を作り上げているのは私の過去である」

✣――過去を奪われることへの抵抗

ゾヤはまず国に対し、革命で没収されたすべての財産の返還を要求する裁判を起こした。裁判所は親の罪の償いをする必要はないと最終的に認め、彼女は亡くなる直前に何枚かの絵と稀覯本を強引に取り返した。彼女は何より両親の遺体の発掘を要求し、長い闘いを始めた。公式な説明では、拙速な裁判と粗雑な処刑の後、チャウシェスク夫婦はブカレストのゲンチャ軍人墓地に葬られたという。ゾヤはこの説明を信用していなかったので、一度も両親の墓参りに行ったことがなかった。二人の墓は共産主義に郷愁を感じる人々にとって巡礼の場所になっていた。

肺癌で衰弱しながらも、相変わらず煙草を手放そうとせず、ゾヤは何度も裁判を起こし、勝とうとした。一九九八年、裁判所はチャウシェスク夫婦の死亡証明書を出した。二〇〇三年、彼女は兄ヴァレンティンと夫に助けられながら、両親がゲンチャ墓地に埋葬されたという証拠を提出するよう求める訴訟を起こした。

ゾヤは常に控え目で、弁護士を介してしか自分の意向を伝えなかった。弁護士はＤＮＡ検査のため、遺体の発掘を求めた。しかし、ゲンチャの地に眠っているのが本当に両親の遺体なのか、ゾヤは知ることはできなかった。それがようやく発掘されたのは二〇一〇年のことだったからである。病が彼女を襲い、癌はじわじわと広がり続け、結腸に達していた。二〇〇六年一一月二〇日、ゾヤ・チャウシェスクはミルチャに見守られながら五七歳の生涯を終えた。晩年になるとますます顔が父親に似てきていた。チャウシェスク家で残っているのはヴァレンティンと二人の子ども、ダニエルとアレクサンドラのみである。子どもたちは父親に似て大人しい。ゾヤは死ぬ前、自分の闘いを引き継いでくれるよう夫に頼んだ。これからはあなたがチャウシェスク家の遺産を守ってね、と。夫ミルチャは約束を忠実に守っている。

ゾヤの訃報はテレビで伝えられたが、それほど人々の話題にはならなかった。葬儀の日、ごく少数の親しい人達だけが棺を取り囲んだ。チャウシェスクの娘は生前と同じようにあくまで慎ましく旅立った。悲惨な運命を裏付けるように、ゾヤは死後もなお過去に付きまとわれる。ゾヤの遺言通り火葬される前にミサがあげられた。彼女は生涯正教徒として信仰を守り続けた。しかし棺が運ばれたのは、予定された大きな教会ではなく、隣の小さな教会だった。

「司祭がゾヤのためにミサをあげるのを断ったのさ」

と、参列者の一人が囁いた。

「一九八〇年代、お父さんがあの司祭の教会を破壊したからね」

ゾヤ・チャウシェスクがその名を重荷として背負ったのもそれが最後だった。

第6章

不思議なカストロ一族

ハコボ・マチョヴェ

フィデル・カストロは、フルヘンシオ・バティスタが一九五二年に起こしたクーデターに反対した。投獄されたが、二年足らずで釈放され、弟のラウルとともにメキシコに亡命した。一九五六年一二月、バティスタ独裁政権を倒すためキューバに不法入国した。二年間のゲリラ戦の後、フィデル・カストロはバティスタを国外逃亡させることに成功し、一九五九年一月に政権の座に就いた。

一九六〇年代、アメリカはキューバに対する禁輸措置を開始した。二国は対立関係になった。カストロはすべての大企業の国有化を進め、自由貿易を禁止した。国中が貧困と欠乏にあえぎ、アメリカへの移民が激増した。二〇〇六年七月、フィデルの健康状態が悪化し、二〇〇八年二月、ついに国家元首の職を辞した。ラウルがその後を継いだ。フィデル・カストロは二度結婚し、愛人も沢山いた。婚外子も含めて一〇人以上の子がいるという……。

フィデル・カストロの人生の始まりは混沌としていた。それがいつまでも彼の心に傷跡を残している。母親は信心に凝り固まった人だったが、聖女あるいは貞女の鑑というわけではなかった。父親は粗暴で無教養なガリシア人で、

フィデル・カストロ（1959年）

キューバで財を成した。フィデルが生まれたとき、母親はまだ父親の愛人であり炊事番の身分だった。ゆえにフィデルは私生児であり、醜聞にならないよう存在を隠さねばならなかった。世間の目から逃れるため、よその家に預けられたりもした。父親がようやく彼を認知したのは一九四三年、彼が一七歳のときだった。フィデルが家庭について幾分偏見があっても不思議ではない。

「フィデルは私たちのお父さんだ」

キューバ革命から三〇年後の一九八九年六月、並みいる士官たちの前でラウル・カストロは叫んだ。それはまさに、最高指導者（Lidér Máximo）カストロがキューバおよび世界の民の心に植えつけたかったイメージだった。彼の唯一の伴侶はキューバという国家であり、彼の子どもはもちろんキューバ人だった。

ラウル（左）とゲバラ（1958年）

❖——父親と義理の家族の間で揺れるフィデリト

フィデルはそれでも人並みの結婚を試みたことはある。一九四八年、ミルタ・ディアス・

バラルトと結婚した。彼女は後にバティスタ政権下で非常に有力となる一族の出身だった。翌年、フィデルはフィデリトという男の子をもうけ、父親となった幸福に躍り上がらんばかりだった。しかし、二人が結婚したのは、フィデルがバティスタ独裁政権に楯突くかなり前だったせいか、ミルタは夫の革命への信念をあまり理解できなかった。

一九五三年七月、フィデルはキューバのサンティアゴのモンカダ兵営を襲撃し、数十人の犠牲者を出した。その廉で懲役一五年が宣告された。一九か月ほど経った一九五五年、彼は恩赦によって釈放された。

キューバ共和国議会でただ一人、バティスタによる寛大な措置に異を唱えた者がいた。ラファエル・ディアス・バラルト、政府の有力者であり、フィデルの義兄だった。ゆえにミルタが一九五三年に離婚を申し出たとき、誰も驚かなかった。ミルタはフィデリトの養育権をすんなり手にし、フィデルはあっさり引き下がった。彼女は当分の間息子と一緒にマイアミに住むことになった。フィデルはそれについては容認できず、結局息子を取り戻したいと言うようになった。深い父性愛からというよりは、妻の実家の政治的影響が及ぶのを恐れたためだった。

親たちが代わる代わる奪い合った結果、不運なフィデリトは三度も誘拐されることになる。フィデルはまず、二週間フィデリトを預かりたいと元妻に頼み、どうにか承諾を得た。それがとんでもない間違いだった。フィデルは息子を返そうとしなかったのである。しかし自分が面倒を見るよりも親しい友人に息子を預けることにした。片やミルタは必死で息子を奪い返そうとした。一九五六年、メキシコのとある公園で散歩をしていたとき、武装した三人の男がフィデリトを誘拐し、母親の元へ返した。最終的にフィデリトを取り返したのはフィデルで、ゲリラ戦と革命が終結した一九五九年のことだった。

フィデルはフィデリトの将来に大きな望みをかけていた。息子と一緒に堂々と気軽にカメラマンの前に立った。政権に就いたばかりのころ、ハバナのヒルトンホテル（現在のハバナリブレホテル）のスイートルームで、おもちゃの兵隊で一緒に遊んだりした。しかし間もなくカストロは息子が人目に付くのを避けようとし始め、フィデリトはほとんどメディアに登場しなくなった。

一九五九年一月早々、フィデルに万が一の事が起きたときのために、異父弟ラウルが正式な後継者に指名された。フィデルに随行していた元将校のホアン・レイナルド・サンチェスによると、フィデリトはフィデルの家よりも、ラウルの家にいる方が多かったという。フィデリトはラウルの方によくなついていた。フィデリトがモスクワ大学に留学したときは、「ホセ・ラウル」という偽名を使い、数人のKGB将校が警護に当たった。

帰国したフィデリトは原子力委員会の委員長に任命された。しかし曖昧な理由ですぐに罷

1959年、カストロがキューバ首相に就任したとき、長男フィデリトは10歳だった。1959年2月14日、ハバナのヒルトンホテルにて（© AGIP / RDA / Getty Images）

免された。父親が陰で手を回したのである。結局フィデリトは一九九〇年代末まで監視付きの生活を続けた。れっきとした長男であり、あらゆる独裁者が持ちたいと願う後継者でもあるフィデリトは、四〇年以上の間、父親の人質だったのだ。フィデリトが、母ミルタと親子の縁を切るまいとしたからかもしれない。ミルタは一九五九年にマドリードに亡命したが、フィデルが病を得た二〇〇六年からキューバに長く滞在している。

しかしながら六〇代半ばのフィデリトは以前と変わらない。カストロという大物保護者に抑えつけられた善良な息子のままだ。フィデリトはそれを恨むどころか、絶対的権力者の父を手放しで称賛し続けている。髭を伸ばして外見を似せようとさえしているし、一言も批判めいたことは言わない。この態度が本心から来るものか、フィデリトが単に揉め事を避けたいだけなのかは結局分からない。

―――アリナ、頭痛の種

最初の妻ミルタとまだ続いているときに、フィデルはナティ・リベルタに出会った。ナティも既婚だった。一九五六年、燃えるような不倫の恋によって生まれたのがアリナ・フェルナンデスだが、フィデルは彼女を認知していない。アリナ自身は「私のような私生児」と「気高く夢のような妖精」の間に生まれたと言っている。カストロが権力の座にいる以上実らぬ恋、結ばれないカップルであり、その陰でアリナは育った。

ナティの夫の医師フェルナンデスはアリナと父子関係になることを承諾したが、その直後、政治体制から逃れるためアメリカに亡命した。本当に自分の娘かどうかを調べるため、フィデルは義理の姉妹の一人に赤ん坊をじっくり見に行かせた。複数のほくろと膝の裏側のあざが、紛れもなくフィデルの子である証拠だった。確信したフィデルは時折アリナに会いに行ったが、彼女は彼が父親であることを知るよしもなかった。アリナが一〇歳のとき、養育係がうっかり口を滑らせてしまった。そうなった以上、母親の口から、あなたはフィデルの子よ、と打ち明けざるを得なくなった。

「その瞬間、『ミミズ』の娘ではないのだとほっとしました。カストロ派は亡命者のことをそう呼んでいたのです。父親不在だったわけではありません。テレビでしょっちゅう会っていましたから……」

と、アリナは皮肉交じりに述べた。実際のところフィデルは気の向いたときに時々アリナに会った。忘れては突然思い出して気ままに現れた。ある日、フィデルは娘に誕生日プレゼントをあげようと思い立った。フィデルが唐突に娘に突き出したのは、なんとオリーブ色の戦闘服を着たカストロ人形だった！　彼は娘にキスもしなかった。その後もそんなことは一度もしなかった。

　アリナはあまり実の父に会えなかったが、貴重な特権を利用することはできた。母親が外交官としてパリのキューバ大使館に派遣されたとき、アリナはイル・ド・フランスのサン＝ジェルマン＝アン＝レ寄宿学校に留学することができた。彼女はフランス語を学び、今も完璧に話せる。ハバナに帰ったアリナは特権階級の子女が通う学校に入った。このエリート校の見栄っ張りな雰囲気に彼女は溶け込めず、一四歳のとき父親にキューバから出たいと言った。もちろんフィデルは首を縦に振らなかった。しかしアリナは、

「閉鎖的で孤立し、本も自由な出版物も服もお金も面白味もなく、スパイに囲まれ、パン一切れのために三時間も行列しなければいけないようなところに住むのはもうまっぴらでした」

と、インタビューで語っている。アリナは「家族のためならいつでも動いてくれる」フィデルの弟ラウルに助けを求めた。アリナの心に少しずつ疑念が生じていた。学校の仲間、友達や知り合いが手紙を送ってくることがあり、父親に渡してほしいと頼まれるのだった。アリナは好奇心からフィデルに宛てたそれらのメッセージを読んでみた。そこにはキューバに対するありとあらゆる不満が書かれていた。「私はメッセンジャーだと思われていたのですね。裏の世界を見た思いでした」

　やがて来るべきものが来た。母のナティが失脚したのである。いくら党にしがみつき、本

省で懸命に働いても、ナティは排除された。

「カストロ家は、ナティが司令官カストロの元愛人になったときより髭面男の娼婦だったときの方が、彼女に対して好意的だった」

と、アリナは一九九八年、自伝（Fidel, mon père『わが父フィデル』プロン社刊）に記している。アリナは、母ナティを見捨てながらも娘の自分の存在は認めるカストロ家の「二重のモラル」が耐え難くなっていた。アリナは誰からも「（カストロの）娘」という目で見られた。とはいえ、他の子どもたちと同様、アリナに対して何の感情の波も愛情表現も示せないフィデルは、「司令官（コマンダンテ）」と呼べ、間違っても「パパ」と言うなと彼女に命じた。アリナはしっかり言いつけを守った。今では「カストロ」と呼んでいるのだが。

認知されない娘アリナは、何年もかけてフィデルの父親としての本能を目覚めさせようともがいたが、無駄だった。彼女がどれだけ無分別な行動に出たところで、カストロは動じなかった。ただ、ひとつだけ例外があった。フィデルは娘に対し嫉妬深く独占欲が強かった。一九八〇年代、アリナがメキシコ人の外交顧問と恋に落ち、二人で世界旅行をしたいと言いだしたとき、フィデルは頑として応じなかった。「外国人」と国外に出てはならないというの

アリナ・フェルナンデス・リベルタ
［1956年–］

だった。娘が帰ってこないのではないかと余計な心配をしたのである。そこでアリナはメキシコ人の恋人と秘密で結婚した。しかし夫はカストロの秘密情報機関に始終監視されていることに怖気づき、数週間でキューバから脱出した。そばにいないが絶大な力を持つ父親の陰で、アリナは抑鬱状態が続いて拒食症になり、体重が四〇キロまで減った。

アリナは徐々に回復し、ハバナでモデルの仕事に就いた。一九九三年、とうとう彼女は思い切った行動に出た。カツラを被ってスペイン訛りで喋り、マドリード行きイベリア航空の飛行機にこっそり搭乗したのである。その国外脱出はスペインの亡命組織のほか、元政治犯アルマンド・バジャダレスも加わって入念に準備された。バジャダレスは二〇年以上にわたる獄中生活の後、キューバを脱出することに成功していた。その後、ムミンと呼ばれるアリナの娘は国際的な援助活動によってキューバから出国した。

アリナは何年間かの亡命生活の後、マイアミのリトル・ハバナの中心にある伝統的に反カストロ主義の地区に居を構えた。今も住み続けているマイアミから、アリナは出版物やラジオで始終自分の意見を表明している。キューバの体制に真っ向から反対する姿勢で、祖国に民主主義をもたらすべく世界中を飛び回っている。彼女は、キューバに敷かれた圧政の責任は父親と叔父にあると堂々と糾弾している。フィデルの子どもたちの中で、これほど父親に楯突いたのは過去も現在も彼女だけである！

とはいえアリナは臨終の床にある母親に会うため、二〇一四年夏、キューバに帰国し、一部の亡命者から非難を受けた。親の死に目に会うためであっても帰国を決して許されない人が、どれほどいるか分からないからだ。

❖——父親の陰で生きる男の子たち

他にもいるカストロの愛人たちと異なり、二〇年も秘密の関係を続けた末、一九八〇年、ダリア・ソト・デル・バジュはフィデルの正妻の座を射止めた。ダリアとの間には五人の男の子、アレクシス、アレックス、アレハンドロ、アントニオ、アンヘルが生まれた。フィデルの息子たちの名前は（長男のフィデリトを除き）すべてAで始まっている。一九四〇年代後半、一部の出版物の記事にフィデルが「アレハンドロ」と署名していたことと関係があるのかもしれないし、アレクサンダー大王への限りない崇拝を込めているのかもしれない。いずれにせよフィデルの嫡子たちは、歴史的人物にあやかったにもかかわらず、数奇な運命とは無縁どころか、正反対だ。偉大な父親の陰に潜み続ける境遇に甘んじている。

アレクシスとアレハンドロの二人は元々情報科学を専攻したが、五〇代の今はビジネスを営み、破格の利益を手にする立場にある。共産主義のこの国で、あらゆる経済活動を支配するのは国家、すなわちカストロ一族だからである。アレックスは父親の公式カメラマンになり、スポーツウエア姿のカストロの秘蔵写真を許可の上で公開したり、メキシコで家族写真展を催したりしている。

アントニオは医学の道に進んだ。整形外科医となった彼はスポーツ万能で、キューバのゴルフトーナメントで優勝したことがある。公の場での演説に同行するときなど、父親の体調に気を配ってきた。アントニオは今やキューバ野球連盟の責任者である。時によって、外国遠征に出かけるキューバ選手の健康管理に携わる。二〇一二年のロンドンオリンピックの際も彼の姿が見られた。アンヘルは外国の自動車メーカーのキューバ代表の職に就いている。つまりこの五人の男たちは、権力志向とも、将来指揮官になりたいという野望とも無縁である。

フィデル・カストロには何人も愛人がいた。ドイツ人のマリタ・ローレンツと恋愛関係になり、たぶんその結果、アンドレスという男の子が生まれた。フィデルがマリタに出会ったのは、一九五九年に彼女が父親と一緒に旅行し、船がキューバに寄港したときのことだ。一九歳になるかならぬかの彼女に、カストロは一目惚れした。カストロの司令部になっているハバナリブレホテルに住みついたマリタは、カストロ付秘書になった。マリタが妊娠したときのことは謎に包まれている。早産の後、赤ん坊がマリタから取り上げられたのか、あるいは一部の人が言うように、妊娠六か月で中絶するはめになったのか、不明である。カストロと別れてアメリカに帰った後、マリタはフィデル暗殺要員としてＣＩＡに採用されたが、結局、葉巻をくわえた髭男への恋情断ちがたく、目的を果たせず仕舞いだった。

フィデルは常に息子たちを公の場から遠ざけておこうとした。絶対的権力への欲望が彼らに伝染するのを嫌がり、彼らを信用しなかった。筋金入りの共産主義者として息子たちを訓練する気もなく、時間もなかった。カストロ自身、衝動的トラブルメーカーだったので訓練など真っ平だった。

❖――象徴的子どもエリアン

曲がりなりにも絆で結ばれた家庭を築くことすらできなかったカストロは、国家および国民の愛すべき保護者の役割に徹することを望んだ。しかしながらその結束も、絶えず大量の亡命者が続出することにより乱れている。二〇〇万人以上の同胞が、藁をも掴む思いで国外へ逃亡し、ほとんどの場合命懸けで、帰る希望もない。この国外流出の現状に、フィデルはまったく責任を感じていなかった。亡命者たちはどこでもいいから――ほとんどは故郷にできるだけ近く、フロリダを初めとするアメリカに――住みつこうと国を出る。

一九九九年一一月、北アメリカへのこうした大移動の一つが世界中の耳目を集めた。二〇人近くを乗せたにわか作りのボートが転覆した。生き残った三人の中に、六歳の少年エリアン・ゴンザレス君がいた。母親と義理の父親は決死の逃亡のさなかに命を落とした。奇跡的に遭難を免れたエリアン君はアメリカ人の漁師に拾われ、当局によって、数年前からマイアミに住んでいた父方の親戚に預けられた。親戚は、自由を求めて犠牲になった母親の意志を尊重し、エリアン君を引き取ったままキューバに帰そうとしなかった。キューバにいる実父のホアン・ミゲルは我が子を返してほしいと要求し始めた。

しかし本当のところ、エリアンの送還を要求しているのはこの父親だろうか？　最前列に生物学上の父親を座らせ、総指揮官として群衆に向かって演説するカストロの姿ばかりが目立つのだ。父親は小さなキューバ国旗を手にしているものの、押し黙ったままだ。フィデル・カストロはエリアン君をキューバに送還するよう要求し、この少年は二手に分かれた父親と親戚、キューバ側と亡命側の両方から引っ張られ、シンボル的存在になった。

半年近くも連日、（一九六一年一月、正式に国交断絶して以来アメリカ大使館の代わりとなった）北米管轄局の前で数十万人を動員したデモ行進が繰り広げられ、国中の機能がマヒ状態になった。エリアン少年に対しカストロ体制の「父性」を証明できるかどうかがかかっていた。キューバの国土を去った者も含め、すべてのキューバ人にカストロは自らの絶対的権力を示そうとしていた。

カストロによれば亡命者は「帝国主義者のプロパガンダ」に惑わされているのだ。彼はとうとう自分の主張を通した。アメリカの様々な法廷で何度も裁判を経た挙句、クリントン政府は少年を生物学上の父親に返すことを決定した。二〇〇〇年四月、エリアン・ゴンザレス少年はマイアミで引き取られていた親戚の家から突然拉致され、キューバに帰国した。

エリアン君はたちまち仮想革命戦争を象徴する少年モデルになった。アブエロ(おじいちゃん)と呼ぶカストロが演説するとき、そばにいた。エリアン君は士官学校で教育を受け、瞬く間に革命的演説ができるようになり、母の死は「アメリカ帝国主義」の仕業であると主張した。彼はまた、五人のカストロ派「英雄」を釈放するようアメリカに要求し続けている。彼らは実はスパイで、キューバ人の亡命組織に潜入し、そのメンバーの数人を死に追いやった廉で重刑に処せられていた。しかしながらエリアンの声と仕草は、彼がまだ子どもであり、不幸を分かち合った人々と母親の死がトラウマになっていることを示している。同じ船に乗った彼らはもはや帰らぬ人となったのだ。

フィデル・カストロは自分の血を分けた子どもたちはそっちのけで、「パイオニア」の学校や野営地で育った「新しい」子どもを生み出そうとした。そこでは制服を着た子どもたちが毎朝国旗に敬礼し、「共産主義のパイオニア、チェ・ゲバラに倣おう!」と唱えねばならない。フィデルに意欲を与えたのは、彼を野蛮な暴君としか見ない国民よりも、基本的に素直な（右往左往の政治体制にそっぽを向きつつあったのであくまで基本的に、である）若い世代だった。マキャベリの友人フランチェスコ・グイチャルディーニの方針を採用した国民からフィデルは学ぶべきだった。

「動物的で残酷な圧政から逃れるために有効な法則あるいは手段は、ペストに対して用いるそれしかない。できる限り遠く、できる限り早く逃げることである」

しかしながら、フィデルの目から見て常に、彼の後を継ぐべき唯一の指導者は、闘いを共にし、共産主義社会を着実に築き上げ、表に立とうとも長々と演説をしようともしない、弟のラウル・カストロだった。

❖――後継者ラウル

ラウルとフィデルは全然似ていない！　父親が同じではないというのも納得できるし、キューバで知らぬ人はいない。母親が田舎の警備隊の兵士たちとちょくちょく浮気したのである。そもそも見た目がまったく違う。フィデルは自信たっぷりの髭面の大男だ。二〇〇六年、彼は病気のためやむなく権力を譲った。当初ラウルは国家評議会と閣僚評議会の議長の代理を務め、二〇〇八年最終的にこのポストに「選出」された。ラウルは目が細くちょび髭で、どちらかと言えば軽佻浮薄な若造だった。カストロ家の三人の息子（長男はラモンという）がイエズス会の高校の制服を着て写っている一九三〇年代の古い写真がある。瓜二つのラモンとフィデルが三男坊のラウルを囲んでいる。ラウルにとってフィデルは常に偉大な兄であり、最も強く、すべてにおいてラウルを凌いでいた。

ラモンは政治にほとんど関心を持たず、動物が大好きで、ガリシア人の父アンヘル・カストロが運営していた農場を受け継いだ。フィデルは怖いもの知らずで運動神経が良いうえ、弁論術も身につけた。後に牛などの動物の遺伝子交配実験にも身を入れ、長く権力の座に就きながらもその熱意は冷めなかった。ラウルは詩歌を好み、やがて共産主義に興味が移った。事あるごとに祈りを求めるイエズス会士たちの規律の押しつけに反発した。

フィデルと異なり、ラウルは家族の絆を常に大切にしていた。フィデルの放縦な生活を許す度量があった。ラウルは元々フィデルよりも寛大だった。例えば彼の生物学上の父親らしいと噂された伍長のミラバルに対してもそうだった。フィデルの反対を押し切ってラウル自らが取りなしたおかげで、ミラバルは銃殺を免れた。キューバ革命が起きた一九五九年当時としては極めて稀な幸運であり、最近までなお珍しいことだった。ミラバルは減刑となり、獄中で死んだ。

大好きな妹のファニータが一九六四年にキューバを脱出するのを許したのもラウルである。しかし、ファニータは潜行中の革命反対派と手を組み、共産主義勢力に対する抵抗運動に協力した。彼女はその頃ＣＩＡに助けられた。マイアミに移住して「薬局」をずっと経営していた。反カストロ派の軍人が大勢買いに来た。彼女は、フィデルが家族と祖国を台無しにしたと非難し続けていたが、二〇〇六年、病床の兄を見舞うため帰国した。

ラウルはとうとう自由になった。二〇〇八年二月、正式に権力のバトンを渡されてからは、兄の恐ろしく長い演説や、「幸いにも少ない」電話攻勢のことをからかうほどになった。執行役は自分一人だと腹をくくった。衝動的で怒りっぽく何を言いだすか分からないフィデルの性格は子どもたちに累を及ぼしたが、そんな兄とは違って、ラウルはきちんとしたけじめのある家庭を築いた。

そのお蔭で今やラウルは、万一の場合の継承者として我が子を前面に出すことができている。もちろんなるべく後にしたいところだが。ラウル・カストロはフィデルに比べ地に足がついている。厳格で冷徹な筋金入りの共産主義者（スターリン主義者）のラウルは、沈んだときも浮かれたときも支えてくれる、家族という基本単位を必要とした。彼は感情の起伏がいつも激しかった。

妻のビルマ・エスピンは二〇〇七年六月一八日に亡くなった。すべての権力を担って、こんな時こそいてほしいというときに妻を失い、ラウルは立ち直れないほどの運命の打撃を受けた。彼が全幅の信頼を置くのは家族だけだった。

ラウルのボディガードとして万が一の襲撃から守っているのは、ラウルの孫ラウリトである。ラウルはテロを何より恐れ、公の場に出るのをなるべく控えている。忠実な部下だった四人の将校を一九八九年に処刑したことで、ラウルをいまだに許さないキューバ軍人は沢山いる。また、（一九七三年の第四次中東戦争の時の）シリア、レバノン南部のパレスチナキャンプ、アフリカ、（ニカラグアやグレナダなど）ラテンアメリカ、その他多くの世界規模の軍事行動が行なわれた場所への軍隊派遣は禍根を残し、矛先は指導者に向けられる。そのためラウルは子どもたち（特にアレハンドロ、さらに目立つのが娘マリエラ）を、直属の部下たちの監視がつく戦略的ポストにつけている。

マリエラはキューバに自由をもたらす女性の役割を果たした。彼女が公の場に出るようになってから、キューバ人の性に関する考え方はがらりと変わった。チェ・ゲバラが称賛する「新しい男」を理想としたこの国、共産主義指導者が同性愛者のことを「ああいう類の人間は要らない」と言い切れたこの国、フィデルが公衆の面前で同性愛者を犯罪者呼ばわりし、その服装や歩き方をからかい、挙句に労働キャンプや再教育施設に押し込んでも非難されなかった国が、今や世界中の同性愛者が市民権を得る場所になったのだ。マリエラの保護の下、彼らは晴れて堂々と集会やデモ行進を行なっている。

ラウルの息子のアレハンドロ・カストロ・エスピンもまた将来を約束されている。一九六五年に生まれたアレハンドロは父親と同じ道を辿った。ごく最近まで非常に内気だった彼が、一九七五年から一九八八年にかけてキューバ軍が指揮したアンゴラ内戦で戦った。アレハンドロはそのとき片目を失った。

忠実に多大な貢献をしたことにより、アレハンドロは権力組織のなかでも戦略的な位置を占める、内務省の情報局長のポストに就いた。こうしてラウルは、監視と密告で覆い尽くした国家の基盤となる部門を身内で固め、自分と兄の権力に対する陰謀に備えた。現在、アレハンドロは汚職の取り締まりを担当しており、私腹を肥やし特権階級で幅を利かせようとする者はすべて排除している。まだ可能性の一つでしかないが、アレハンドロは後継者候補である。革命の「成果」を維持し損なわれないようにするには、権力を一族で守り抜くしかないことをラウルは疑わない。今日、ラウルは権力を代表し権力を行

アメリカのオバマ大統領と会談するラウル（2015年4月11日）

使している。それはフィデルに対する一つの反撃だ。国外では髭面の大男フィデルのイメージしか知られていない。今やラウル・カストロが、そしておそらく行く行くはその子どもたちが表舞台に立つ番だ。

第7章

金氏王朝の権力闘争

アルノー・デュヴァル

あらゆる観点から見て北朝鮮は謎である。一九四八年の建国以来、この国は他を顧みず、常識外れで奇妙な存在感を国際社会に対して示し、歴史の自然な論理に逆らっている。第二次世界大戦終結後、ソ連によって前面に押し出された金日成（キムイルソン）は、四〇年間の日本の支配に踏みしだかれた祖国で急速に名を上げた。彼は日本帝国主義との闘いの英雄であり、共産主義革命という大義と、強化する権力を背負ったカリスマ的指導者となった。実質四六年にわたる統治の間、兄弟同士が権力を巡って争い、国は無残に荒廃し、権力は急進化した。

金日成は、もはや王朝さながらの同族登用制度を定着させ、金正日（キムジョンイル）を後継者として国民に認めさせるという、常軌を逸した賭けに成功した。金正日は冷淡で摑みどころがなく、大衆の意気を高揚させる求心力に欠けていた。金正日の死に伴い二〇一二年に権力の座に就いた孫の金正恩（キムジョンウン）は、独自のカリスマ性を回復し革命の熱気を呼び戻すことができるのだろうか。

ヴャツコエは東シベリアの中心を流れるアムール河東岸にある、ロシアの小さな漁村である。一九四〇年から四一年にかけての冬、朝鮮の抗日運動の敗残兵らが日本の正規軍に追われて逃げ込んだ場所だった。日本占領軍は朝鮮の共産主義ゲリラを壊滅させることを決定し、捕虜から情報を引き出し、残存ゲリラを追って容赦なく満州に侵入した。金日成は、上官の戦死により、大隊の指揮官に抜擢された。赤軍の民族旅団を支援に来たはずの大隊は後退しつつあった。

妻の金正淑（キムジョンスク）は満州から夫に付き従った。彼女は日本の占領軍に母親が殺されて以来、抗日戦争を戦う夫と軍隊生活を共にした。氷で閉ざされた陸の孤島というべきソ連極東のシベリアで、真冬に身ごもった彼女は一九四一年二月一六日に長男ユーラ・イルセノヴィチ・キムを産んだ。普段の呼び名はユーラだった。

金日成が最初の妻金正淑、息子金正日と共に写っている1940年代の写真。金正日は幼少期から特別扱いされて育った（© Noboru Hashimoto / Sygma / Corbis）

❖——ユーラから金正日へ

ユーラはアムール河に近い森の中の木造小屋で子ども時代を過ごした。夏になると水の打ち寄せる岸辺はユーラと友達の格好の遊び場だった。ソ連の第八八特別旅団の第一大隊長となった父の金日成は、家族の扶養という新しい責務より、朝鮮独立を目指す闘争に心血を注ぎ、中国兵や朝鮮兵からなる戦闘部隊を強化すべく奔走した。ユーラ少年は母親や兵士の妻たちに育てられ、父親は留守がちだった。とはいえ間もなく二人目の息子アレクサンドル（愛称シューラ）、朝鮮名金万一（キムマニル）が生まれ、家族が増えた。

第二次世界大戦終結と日本の降伏は、日本による朝鮮支配からの解放を意味した。ソヴィエト軍は瞬く間に満州および朝鮮半島北部に侵攻し、それを容認した米軍は半島南部に進駐した。壊滅状態の大日本帝国に対しソ連が遅れれば

金日成（1946年）

金正淑と息子の金正日

せながら参戦した時に承認された、朝鮮半島分割案に従うことがアメリカにとっては大事だった。一九四五年夏、ソ連から北朝鮮の代表に指名された金日成はこの機に帰国した。家族は別れて出発し、金日成の政治組織による支配が確立した同年暮れ、ようやく平壌で合流した。

ユーラとシューラ兄弟にとって新しい生活が始まった。一家は平壌の公邸に住むことになった。子どもたちの目の前で、役人やおべっか使いが続々と列を成して押しかけ、配属について交渉したり方針を支持したりした。中国、ロシア、朝鮮の共産主義分派は新しい権力を巡って熾烈な争いをした。このような緊迫した情勢のなか、金日成に三人目の子、娘の金敬姫(キムギョンヒ)が生まれた。金敬姫は金日成総合大学で政治経済を学び、一九七一年に政界入りし、何年か経つと党の支配的地位に就いた。二〇一〇年に甥の金正恩とともに人民軍大将に任命された彼女は、金正日体制の間、絶えず兄を陰で支えた。

平壌の最初の数か月の幸福感はすぐに消え去った。ユーラの身に次々と悲劇が襲いかかり、厳しい試練を与え、家庭生活を崩壊させたのである。一九四七年、弟のシューラと一緒に池のほとりで遊んでいたとき、シューラが水にのまれて溺死した。弟の死の状況ははっきりしなかったし、その時ユーラは何をしていたのか、ユーラに責任があるかどうかなど分かるものでもなかった。だが長男を中心に置く儒教の教えが染みついた社会において、弟を守れなかったユーラの心の傷は一層深かった。二年後の一九四九年九月末、新体制の過激な女性革命家であり、抗日運動時代の忠実な伴侶であり、溺愛ではなく情愛に満ちた母親だった金正淑が子宮外妊娠のため急死した。

ユーラはすっかり打ちのめされた。父金日成は、朝鮮民主主義人民共和国の建国後、ナショナリストとしての宿命に燃え指導者の地位を固めることに専心し、妻を失っても平静だった。彼は南朝鮮の変節者に対し武力攻撃の準備を周到に行なった。同じ頃、毛沢東は天安門広場で中国の再統一と中華人民共和国の建国を祝った。中国共産軍の成功に意を強くした金日成はモスクワに赴き、朝鮮の再統一に向けて武力闘争を起こすことをスターリンに認めさせた。

金日成は回想録(『世紀と共に』)の中で、「息子は埃臭い服を着て育った」と書いている。彼が家族を疎開させたのは戦場から遠い、北西部の人里離れた山奥だった。最初は慈江道(チャガンどう)で、いまだに焼畑農業が営まれている、朝鮮で最も貧しい地方の一つだった。

さらに戦況が厳しさを増し危険が迫ってくると、ユーラたちは中国との国境を越えて吉林(ジーリン)に移動した。吉林は昔から多くの朝鮮人が住んできた地だった。金日成は地元出身の忠実な戦友に二人の子どもたちを厳重に保護させた。戦友は金正日と金敬姫の保護者の役割を務め、父親代わりとなった。後に金正日が政界入りしてからも、常に最も信頼される臣下の一人となり、最後は衛兵隊の指揮官の地位に上り詰めた。

とはいえ、実の父に代わる存在はあり得なかった。冬は氷と雪に閉ざされ、一面真っ白で何の彩りもなく、夏は岩と泥だけの峻烈な気候の地方で、ユーラは家族からも戦闘地域からも遠く離れ、すっかり退屈していた。この地に母性的なものは何もなく、季節もなかった。母を失い、血を分けた弟の死に心は引き裂かれ、軍隊を殺戮に追い立てる最高司令官の父親とは遠く離れ、ユーラは不安でたまらなかった。

長い三年間中国で妹と一緒に学校に通いつつ、ユーラは北朝鮮軍の一進一退の動きをじりじりした気持ちで見守った。中国「人民志願」軍は身を挺して極東の共産軍の前衛を守るべく支援の準備を進めているのに、北朝鮮軍は中国国境の方へ撤退していた。朝鮮半島全域を巻き込んだ泥沼のような戦争を遠く感じ、隔離されながらひたすら待つばかりの三年間だった。

ユーラと妹は何の名残惜しさもなく吉林(ジーリン)を離れ、二度と訪れることはなかった。孤独と茫漠たる風景だけが記憶に刻まれた。しかし一九五三年に休戦が合意された後、平壌に戻ったユーラは慄然とした。二〇世紀初め、初めて訪れた欧米人の目を瞠らせ、「柳の都」と謳われた平壌はもはや見る影もなく荒廃し、どこから道路でどこから建物や家かも分からず、道は瓦礫で埋め尽くされていた。石炭や破片の粉が混じりあい、煤と臭いが厚い雲のように街を覆っていた。

ユーラは北朝鮮の首相となった父に再会した。しかしそのそばに父の新しい妻金聖愛(キムソンエ)もいた。ユーラは胸をえぐられるような苦しみを味わった。金聖愛は亡くなった母の手伝いをしていた。金聖愛との関係は急に張りつめたものになった。新しい夫婦から三人の子どもが生まれ、先妻の子であるユーラと金敬姫はますます疎外感を抱くようになった。

一四歳のユーラは、緊張と抗争が絶えず渦巻くなか、平一（ピョンイル）と名付けられたもう一人の息子の誕生がまさに脅威となることを悟った。状況が否応なしに自分のあずかり知らぬところで進むということなのだ。生まれた赤ん坊［平一］が死んだ弟［万一］と名前に同じ文字を持つことを知り、その名前が絶望の叫びのように響くのを一日中耳にしながら、若いユーラはどれほど傷つき、苦しんだことだろう。自分の存在は無に等しいのではないかと恐れ、悩み抜いた末、家系の重視と父親の血が自分の存在証明の切り札だと思い至った。ユーラが自分の運命を背負い、政治の舞台で父親と共演し、歴史物語の登場人物の新しい衣装をまとう時が来た。彼はもはやユーラではなく金正日となり、北朝鮮の政治史にいきなり登場した。

✣――金対金、兄弟の争い始まる

革命家の子弟を集めた万景台（マンギョンデ）革命学院を卒業し、金日成総合大学で政治経済を専攻した後、金正日は一九六四年に党中央委員会に入り、党組織指導部指導員になった。二三歳だった。野心に燃える金正日は腹を決め、父親の歓心を買おうとした。金日成は、フルシチョフの修正主義的新思想［スターリン批判］だけでなく、中国の毛沢東の過激で予測不能な新思想とも距離を置いていた。金日成は「主体（チュチェ）」思想を公式な教義と定めた。儒教、朝鮮の伝統的価値観を取り入れたナショナリズム、マルクス・レーニン主義を基盤とする、錬金術めいた折衷主義だった。

二八歳で党「宣伝扇動」部副部長に任命された金正日は、新しい革命観を打ち立てるにあたり、父親の思想の代弁役をすることが得策だとすぐに気付いた。継母金聖愛との関係は相変わらず嫉妬と警戒に満ちていた。金聖愛はますます人目に立つことが多くなり、朝鮮労働党中央女性同盟副委員長に就任し、その翌年には委員長になった。若い平一はやる気満々で優秀だった。金日成総合大学を卒業し、軍人になり、やはり父親の名を冠した名門、金日成軍事総合大学に入学した。脅威は形となり、避けることのできない兄弟間の争いが迫りつつあった。

一九七〇年代、金正日と金聖愛をそれぞれ中心とする二派が火花を散らす一方で、金日成はすでに後継者選びを念頭に置いていた。北朝鮮のファーストレディーとなっていた金聖愛は極力夫とともに人前に出て、移動には同行するよう努めた。第五回党大会で中央委員会の名誉職、さらに最高人民会議代議員となり、国家の中枢機関で権勢を振るい、後継者の有力候補である我が子が昇進するよう周到に地固めした。平一はまだ二〇歳の身ながら、すでに周囲の人望を集めていた。

共産主義国としては一線を画するところだが、金日成にとって最高権力は世襲以外考えられなかった。とはいえ公認の『平壌政治用語事典』一九七〇年版には、権力の世襲制は「支配者が子孫に権力を委譲する封建社会に端を発する時代遅れの制度」の一つであると記されている。この記述がきっぱり削除されたのは数年後だった。当時、金日成は二人の息子の共存に満足していた。金正日は政治組織すなわち党を、金平一は軍隊と軍事行動の統括をと言った具合に、将来二人に共同で権力を担わせることを想定していた時もあった。

権力闘争に明け暮れる金正日に脅威がいよいよ迫った。頭角を現し始めた異母弟としのぎを削り合う金正日は、全知全能の父親に対し存在感をますます発揮し、意を迎えるのに汲々とした。彼は自分が余人をもって代えがたい人材であることを示そうとした。政府当局の広報活動の責任者を気取り、芸術や文学といった分野にも次第に介入するようになった。

一九七三年党中央委員会書記（宣伝扇動担当）に任命された金正日は、その後文化大臣として目覚ましい実績を挙げる。音楽、歌劇、映画、書物など、あらゆるものに目を光らせ統制を徹底した。新しい「芸術の天才」金正日は三五歳にしてまたとない表現の場を見出し、至る所に手を加えた。彼は「主体」思想を自家薬籠中の物とした。「主体」思想によって金日成の絶対的権力は理論的に正当化され、制度化された個人崇拝の一形態と見なされた。同時に、金日成は権威を確固たるものにし、抑圧システムを強化した。あらゆる手段を使って大衆の熱狂を煽り、偉大なる指導者の哲学と政治を盾に世論を誘導した。

対する金平一は、平壌中で派手なパーティを催し、客たちが毎回「金平一万歳！」と叫ぶのを見て悦に入った。過剰なほど祭り上げられるにつれ、父に対する猜疑心が徐々に芽生えていった。

金正日の新しい服

金正日の手にかかると、公の場での演説は普遍主義的な色合いを帯び、何かといえば金日成を救世主のごとく礼賛した。国民の父金日成は政治体制のすべてを体現し、不滅の存在、人格化された超越的存在であるとされた。彼は「天の委任」によって守られ、奇跡的な魔力を持ち、ある時は「松ぼっくりを弾丸に、砂粒を米粒に」変え、「枯葉に座して」大河を渡る、と言われた。国に尽くした先祖の話がでっち上げられ、金日成がくぐり抜けたという一万回の戦いと同数の勝利の伝説がまことしやかに語られた。

金平一が派手に遊び暮らし、折角積み重ねた個人的信頼を失いつつあった一方、金正日は父親に対し低姿勢を保ち、偉大な指導者への個人崇拝を鮮明にした。金日成は金正日の忠誠心と巧みな演出に気を良くし、何かにつけ同席させる機会を増やし、視察や政治的指導のための歴訪にも度々参加させた。こうした巡回は、権力が偏在的役割と父権的性格を持つことを示すものだった。

各部署の職務遂行には党の内部決定機関の承認を得ねばならなかった。金正日は国の運営にじわじわと介入し、真っ先に指示を出し、瞬く間に父親の有能な右腕かつ重要な側近として頭角を現した。

後継者の叙任は間もなく行なわれた。一九七四年二月、朝鮮労働党中央委員会第五期第八回大会で金正日は中央委員会政治局委員に選出され、翌年、満場一致で栄誉ある「親愛なる指導者」の称号を手にした。雲の上の存在だった威厳ある難しい父親から最高のお墨付きが与えられ、彼は有頂天だった。

一九八〇年、金日成から正統な後継者として指名された金正日は、初めて誰の目にも明らかに権力の座に就いた。ようやく父親の後を継ぎ、自分も並外れた力を持つことができるのだ。伝説が始まろうとしている。公式文書によると、この指名が発表された途端、「朝鮮人民は喜びに沸き、その歓声は天地を揺るがし、今や彼らを恵み深い太陽の下に導くこの輝かしい星（スター）に耳目が集まった」。

ユーラ少年から脱皮した金正日は、それまでの生活を捨て、子ども時代の話をでっち上げ、経歴を書き換えた。今や彼の出生地は聖なる山、朝鮮の自然の宝庫と崇められる白頭山密営となった。彼の公式な伝記『人民の指導者金正日』には、彼が生まれた日、空に二重の虹がかかったと書かれている。「天の子」にまつわる話は完璧に塗り固められている。

彼の物語は、子ども時代から日々従ってきた父親の物語と並行している。金正日が初めて歩いたのは生まれて三週間後。初めて喋ったのは八週間後。四歳のとき、日本地図の上にインク壺をひっくり返した。その直後まさにその場所に嵐が押し寄せ、甚大な被害をもたらした。さらに三年間の大学生活で、金正日は書庫に一五〇〇冊も納まるくらい執筆をしたという……。

宗教的真理と同様、公的な演説に客観性や合理性を期する意図はまったく含まれない。超自然や神格化の領域なのだ。数年後に金正日は国立歌劇の推進者、喜歌劇国家の立案者となった。明日をも知れぬ身の二四〇〇万の人民を前に、壮大な超自然的宿命を自分は背負っているのだと、話をでっちあげた。彼は長男である自分が受け継いだものを決して手放すまいとした。「一つの星が太陽のそばで今輝く」、公式プロパガンダは高らかに歌い上げた。

四〇歳を目前に、金正日が北朝鮮の首脳陣に加わると同時に、金平一は公的な場から遠ざけられた。金平一は妻と共に放逐同然で東ヨーロッパへ送られた。一九七九年に駐在武官としてベオグラードへ、さらに大使としてブルガリア、フィンランド、ポーランドに赴任したが、存在感は薄い。現在も駐ポーランド大使の職にある［二〇一五年駐チェコ大使に就任］。金平一が国に帰ることはないだろう。脅威は消え去った。金日成と金正日は同じメダルの二つの面のように合体し、一蓮托生の身となった。片や行動の人、輝かしい軍隊の英雄、建国の父であり、片や「天才的」理論家、マルクス・レーニン主義を「主体」なる新理論の特殊な事例に格下げした革命思想の父である。

北朝鮮人は二人の指導者の肖像を壁に並べて掛けるのが習慣となった。二つの額縁に異なる二つの顔が納まっているが、険しいのか温和なのか分からない謎めいた微笑は同じで、二つの空間は均一化されている。二人は、一つながら二重の顔を持つ象徴、国家をふり回し、取り憑いて離れない象徴なのだ。明らかな年の差がなかったら、二人は双子ではないかと思う人がいても不思議ではない。ぽっちゃりした子供っぽい顔はよく似ていて、片方は年の割に老けた顔、もう片方は大幅に若返った顔だ。写真に思い切り手を加えればそんな印象を与えることもできる。こうした公式写真から受ける非現実的印象は、（それがまだ必要だとすればだが）指導者たちの性格を謎めいたものに思わせる。悪魔的、天使的、父権的のいずれだろうか。

金氏一族はこのように二〇年以上にわたって団結し、国家主義を信奉する北朝鮮社会を支配することになる。二〇年間続いた見せかけの一体性には一分の隙もなく、他の国民的英雄が割り込む余地はなかった。支配王朝金氏の目から逃れることはもはや不可能だった。金氏一族は力と権威をもって二四〇〇万人の臣民に目を光らせているのだ。国民は公式に三つのはっきり異なる階層、すなわち「イデオロギー的に純粋」、「有用」、「敵対階層」あるいは「不純な血」に分けられた。

❖――太陽の陰に

父金日成が権勢を誇り人民に家父長的カリスマ性を誇示する一方、金正日は早くから実に陰湿な秘密作戦に長けていた。彼はその手腕によって国外で次々と騒動を起こし、途方もない意図をもってコマンド作戦を数々繰り広げた。

例えば、国の映画制作技術を発展させるため、韓国人映画監督申相玉（シンサンオク）と彼の元妻の拉致をけしかけた。また、日本人になりすましたスパイ組織を作る目的で、一九八〇年代初めに若い日本人を拉致するよう促した。一九八三年、金正日はラングーン訪問中の韓国の全斗煥（チヨンドゥファン）大統領一行の暗殺計画を立てた。一九八七年の大韓航空機爆破事件も彼が企てた。飛行中の爆破により一一五名の乗客の命が奪われた。逮捕された二人のうちの一人金賢姫（キムヒョンヒ）は一九八八年、公にした手記で、金正日直々の命令で飛行機内に爆弾を置いたことを認めている。金正日は朝鮮労働党「三九号室」を設置し、密輸等の活動に当たらせた。

自ら采配を振るこうした作戦からは、金正日の非常に反社会的で冷酷な精神病質的人格が透けて見える。統合失調症と偏執症とナルシシズムが一緒くたになったような性格で、他の有名な独裁者と同様、自責の念が完全に欠けている。いたいけな子どもの頃から身を隠し世間と交わらず、何重にも護衛に囲まれ、常に猜疑心と恐怖が渦巻き、テロリズムも暴力も咎められない環境で人格形成されたとあっては仕方がないのだろうか。

金正日は風変わりなサングラスの陰に、常軌を逸した風評によってますます謎めく秘密を押し隠している。妄想症が高じて豪奢な別荘の周囲に厳重な警備を張り巡らせ、警備隊の集中訓練を自ら監督し、絶えず周囲に緊張感を漂わせている。金正日は戦闘的スローガンを掲げて煽り立てながら北朝鮮という国を形作り、党の総括的方針となる「(思想・技術・文化の)三大革命赤旗獲得」運動、さらに停滞した経済を活性化するための運動を展開した。彼は陰湿なやり方で、何が起きてもおかしくない戦闘状態を常に作りだしている。人は独裁者に生まれるのではない、これは事実だが、北朝鮮においては血筋によってそうなる運命が定まっている。

金正日は北朝鮮という国を象徴するかのごとく謎である。三五年間公的生活を送りながら、金正日が公の場で演説をしたことは一度もない。唯一、金日成が八〇歳を祝った一九九二年、軍事パレードの際に型通りの儀式的な台詞を二言三言述べただけである。決して雄弁家ではなく、他を圧倒するようなカリスマ性もない。金正日の並外れたオーラは単に公式プロパガンダの為せる業だ。スターリンと同様、かれも飛行機恐怖症であり、特別仕様の装甲列車で監視されながらでないと移動できない。

一九九四年七月、金日成は心臓発作に襲われた。金氏王朝は揺らぎ、国内情勢の悪化を象徴するようだった。数年前から、国民の一割近くを餓死させた飢饉、ソ連を初めとする社会主義圏解体、国際的孤立、経済危機など、北朝鮮は次々と深刻な災厄に見舞われていた。こうした事件が全体主義システムを徐々に蝕み、腐敗、革命的信念の喪失、国外脱出が相次ぎ、国の統一に亀裂が生じ、狡猾な手口、密売、闇取引が横行し、集団の安定性や社会の均質性が失われた。歴史的英雄の下で栄えた輝かしい時代は建国の父の死と共に幕を閉じた。金正日は革命のロマンチシズムの炎が弱まりつつあるときに権力の松明を受け継がねばならなかった。

いよいよ金正日の出番となった。三年の長い公式服喪期間を経て、彼は父親の持っていたあらゆる権限を徐々に手にし、軍事を最優先する「先軍政治」革命を国に展開した。父を徹底的に「殺す」ことなど夢にも考えなかった。新しい指導者金正日によって、金日成は瞬く間に「永遠の主席」に昇格した。儒教でいう孝心に根差したこの行ないは、既成の秩序を強固にし、建国の父への崇拝を徹底することが狙いだった。

金日成と金正日の生誕記念祭を除けば、祖先祭祀を行なう朝鮮古来の秋夕(チュソク)だけが北朝鮮で公式に祝われる日となった。父は草葉の陰から国を導き続け、息子はさながら死者の魂の代弁者、遺言執行人に過ぎなかった。同じように、二〇一一年に金正恩が政権の座に就いてからは、父金正日は「永遠の総書記」という称号とともに時を超えた存在になった。「死んだ神への崇拝は死体(性)愛の一種である」と金日成は存命中に声を大にして言っていたのだが。

❖──我が父は独裁者、我が子も独裁者

金正日は一七年間北朝鮮を単独で支配した。生まれ故郷のシベリアの強制収容所の門にかかれていたボルシェビズムのスローガンを実地に移した。「我々は鉄の手で人類を幸福に導く」というものだ。大多数の北朝鮮人から見た金正日は、常に謎めいていて存在感が薄く現実離れした人物だった。とはいえ彼は人民の日常生活に亡霊のように付きまとい、至る所に存在を示した。見事に演出された集団行動を指揮するとき、彼が登場するだけで奇跡のような神々しい感じが漂うこともあった。

二〇〇八年、脳卒中で倒れた金正日は、急遽自身の後継者選びについて考えざるを得なかっ

た。長男で三七歳の金正男（キムジョンナム）はただ一人政権に就いてもおかしくない年齢に達していたが、身分を偽って日本を旅行し、国外退去をさせられ、信用を失っていた（東京ディズニーランドに行きたかったのである）。結局お気に入りの三男金正恩が次なる最高権力者に指名された。金正恩は、金正日の愛人だった花形ダンサーが産んだ子で一九八三年に生まれ、スイスの山奥で密かに育てられた。

金正日は二〇一一年一二月一七日、七〇歳で亡くなった。母が「暁の星の王」と名付けた金正恩は父の後に続き、孤立した国を引き継いだ。大きく変化した地政学的状況のなか、この国の政治構造と国際的地位は依然として危機に陥っている。

金正恩は独裁政権を継承し、権力の劇的効果をさらに高めた。バスケットボール選手デニス・ロッドマンと恥ずかしげもなく乾杯するかと思えば、公的会議中に、後見人だった叔父の粛清を急き立てた。金正恩にとって権力行使は何よりまず、永遠の先祖に対する変わらぬ忠誠の誓いである。二〇一三年が明けた祝賀の際、テレビ放映された初めての大演説の第一声が「偉大なる金日成主席と金正日指導者に謹んで新年の御祝詞を申し上げます」だった。永遠とは長いものだ、特に終焉を迎えようという時は。

第8章

モブツ、ヒョウの落とし子たちの痛恨のルンバ

ヴァンサン・ウジュ

コックの息子、ジョゼフ＝デジレ・モブツは一九三〇年一〇月一四日に生まれた。ベルギー植民地軍の兵士、会計係、ジャーナリストと職を変えたこの熱帯のマキャベリはその狡猾さを発揮し、コンゴの独立後、非常に「進歩派の」パトリス・ルムンバの下でのし上がった。ところがその後モブツはルムンバを失脚させ、ベルギー、アメリカ、フランスを安堵させた。さらに一九六五年にはコンゴ民主共和国の初代国家元首ジョゼフ・カサ＝ヴブを追い落とした。この熱烈なヨーロッパ同盟国の地政学的優位は（モブツがうまい汁を吸いながら残酷な独裁政治を繰り広げていくのをヨーロッパは黙認した）、ベルリンの壁崩壊とともに消え去った。

モブツ・セセ・セコと改名した彼は大衆の恨みを買い、一歩譲って複数政党制の成立を受け入れねばならなかった。八年後、隣国のルワンダの民族紛争が飛び火して激しい武装蜂起が起こり、時代遅れのモブツ体制は崩れ去った。モブツは一九九七年九月七日にモロッコのラバトで死去した。映画監督ティエリー・ミシェルが反面教師としてモブツを描いたドキュメンタリーの題名は「ザイールの王」であった。彼の死後には、出血多量の巨人さながらの国、四〇億から五〇億ユーロの個人資産、散り散りばらばらの子孫が残った。資産額はザイールの負債の半分近くに相当するものだった。

一見、こうした事件はトゥルーズの地元新聞の三面記事をしょっちゅう賑わす類のものに思われた。二〇一四年四月一五日から一六日にかけての夜、バラ色の都市といわれるこの町の中心部のカタラン橋の近くで、一台のルノー・メガーヌがプラタナスの木に衝突した。通報を受けた消防士らは車に一人乗っていた男を救急車に担ぎ込んだ。一九一センチの筋骨たくましい男はかなりの興奮状態で、おとなしくさせるのに苦労した。ようやく静かになったと救急隊員が思ったとき、白いTシャツとグレーのジャージを着た三〇歳くらいのこの大男はいきなり寝台から跳ね起き、救急車から脱出し、橋の欄干を跨いで約一二メートル下のガロンヌ川に飛び込んだ。すぐに捜索が始まったもののなかなか見つからない。橋の周囲にヘリコプターを飛ばしても無駄だった。潜水夫が川を探索しても成果はなかった。

アメリカのリチャード・ニクソン大統領と会談するモブツ（1973年）

モブツ・セセ・セコ
（1983年、ペンタゴン）

この行方不明者は製薬会社の臨時職員、三人の子持ちのベテランバスケットボール選手でラファエル・モブツという名だった。有名な最高権力者、モブツ・セセ・セコのモブツである。一九七一年にザイールと改称された旧ベルギー領コンゴに三〇年以上君臨した男、無慈悲であると同時に身内には金をばらまいた男、一九九七年九月七日、亡命先のモロッコで前立腺癌で死去した男、まさにあの男が父親なのだ。東部国境付近の民族紛争が激化したのに乗じてローラン＝デジレ・カビラが武装蜂起を起こし、権力の座から引き摺り下ろされてから四か月後にモブツ・セセ・セコは死んだ。

ラファエル・モブツは溺死したのではないかという仮定を警察は退けた。記憶喪失ではないかとラファエルの家族は一縷の望みをかけ、彼が頻繁にうろつきまわった界隈を隈なく捜し、似顔絵を描いたポスターを貼り、地方紙『ラ・デペッシュ』のトゥルーズ支局を通して目撃者情報を求めた。「事故で頭がおかしくなったのでしょう。どこかにいるはずですが、今どこで何をしているのやら」と姉妹は望みを託す。

モブツ・セセ・セコと、その兄の未亡人たちで最も若かったママ・モヴォト（ママ四一ともいう）の間にラファエルは生まれた。ママ・モヴォトはンバンディ族の慣習に従い、夫の死後その弟と再婚したのである。一九七一年、コンゴ人として「真正」でなければならないというので、ジョゼフ・デジレというキリスト教徒の名前を捨て、より男らしいモブツ・セセ・

セコ・クク・ンベンドゥ・ワ・ザ・バンガなる名前（リンガラ語で「忍耐とたゆまぬ意志で次々と勝利を収める戦士」だが、受け取り方によっては「全部のヒヨコの面倒を見るニワトリ」というつまらぬ意味にもなる）に変えた男はあまりに多くの子孫を残した。ラファエルはまさにそのうちの一人だった。

実際、コンゴ宮廷の王モブツは至る所でその精力を惜しまず発揮した。彼の子として認知された嫡出子を数えるだけでも大変だ。何人かの専門家の協力を得て、筆者もにわか系図調査官となって数え上げたところ、見落としや間違い

1975年8月8日、ヴァレリー・ジスカール・デスタンのザイール訪問を前に、モブツ・セセ・セコ、妻ママ、子どもたち（© Keystone-France / Gamma-Keystone via Getty images）

がなければ、四人の妻から一九人の子どもが生まれたことが分かった。そのうち少なくとも五人はこの世を去りご先祖様の元にいる。激しい敵対関係や根強い怨恨によって引き裂かれた子どもたちは四散して生き残り、ベルギー、フランス、モロッコ、アメリカ、スイス、そして故郷のコンゴと、あちこちさすらいながら裕福に暮らしている。

父親が残した政治的、経済的遺産をめぐって子どもたちは揉めている。昨日はニワとコンゴロが、今日はンガワリまたはンサンガが権勢を誇り、毒もうま味も味わうかと思えば、身を潜めて無名のままどうにか裕福に暮らそうとする子どもたちもいる。「哀れなモブツ。キンシャサからバドリテまでの、一族の地盤のエカトール（赤道）州に一匹のヒョウも生まれなかったのさ……」と揶揄されることもある。祖国を離れたあるコンゴ人ジャーナリストは、

「モブツ家は病んでいる」

と、長い溜息をつく。その証拠に、伝説となった縁なし帽と凝った作りの杖を持った暴君の亡霊がコンゴ民主共和国（RDC）をさ迷っているというのだ。コンゴは二〇〇一年以来、モブツを失脚させたカビラの息子ジョゼフ・カビラの統治下にある。ラバトのキリスト教徒の墓地に仮埋葬されたモブツの亡骸が故郷コンゴに帰ってきたのかもしれないという噂は、熱い論争を呼び、議会でも取り上げられ、国家の一大事さながらだった。ある政界の事情通は、

「バドリテに遺体を返還することは現実的ではないように思う」と、含みを持たせて述べる。「家族は現政権に懐柔されるのではないかと恐れている。一方ではテレビが連日、国を滅ぼした張本人だとモブツの名を汚している。また家族はモブツの霊廟など建てようものなら、組織がらみかどうかは別にして墓荒らしされるのではないかと心配なのだ」。

❖――男の子への呪い

一家の父を連れ去る前に、死は最初の結婚で生まれた子どもたちの中から、男の子たちに忍び寄った。不思議な呪いだ。四人の姉妹たちはまだ生きているのに、当時公安軍（ベルギー植民地軍）の下士官だったモブツとマリー・アントワネットの間に生まれた五人の男の子は皆死んでいる。死因はエイズがほとんどだ。

一九五五年、当時ジョゼフ・デジレと名乗っていた颯爽たる軍曹と結婚したマリー・アントワネットは、まだ一四歳になったばかりだったが、すでにジャン＝ポールを宿していた。ジャン＝ポールは「ザイール化」の時代にニワと改名した。父モブツが「盛装禁止（ア・バ・ル・コステュム）！」を意味する「アバコス」という国民服の着用を強要した頃である。帝国主義的服装を排除し、毛沢東時代の服とそっくりの何の飾り気もない制服を押し付けた。長子の特権か、この長男は父親のお気に入りで通っていた。モブツ家の元使者は「（長男は）後継者とは思えなかった。それがモブツの不幸だった。モブツは政治的後継者を持たず、誰かを指名しようともしなかった」。

いずれにせよ父親同様一旦ジャーナリズムに手を染めた後（日刊紙『ル・ソワール・ドゥ・ブリュッセル』のベテラン記者たちは「感じのいい、どちらかと言えば控えめな」実習生だったと記憶している）、ニワは責任ある任務を与えられた。移動大使、外交顧問、さらに入閣して大臣補佐や協力大臣に就任した。前途洋々のはずが、突然病に倒れ、一九九四年九月一七日、ニワは四〇代を前にしてパリ一八区のビシャ病院で息を引き取った。モブツの「ジャングルのヴェルサイユ」があるバドリテの慈悲の聖マリア教会に眠っている。そばには一九七七年に三六歳で亡くなった母親と二人の弟がいる。ニワの息子ゼマンガ、別名ココ・ゼはやはりモブツ家らしく、若者世代のリーダー格になった。

かつてモブツの側近だった近しい者によると、

「ゼマンガはブリュッセル自由大学（ＵＬＢ）とパリの大学の国際法コースを卒業し、鼻高々だった。叔母たちが懸命に彼を守り立て、一族の期待の星の役割を彼に背負わせている」

と、いう。頑張れ、ゼマンガ……。

ニワの妹の長女ンゴムボは、セット・フォンテーヌ・ドゥ・ブレーヌ＝ラルーの豪邸で一家の母親の務めをまっとうしている。そこはブラバン・ワロン州（ベルギー）の富裕層向け区画で、静かな佇まいと見事に整備されたゴルフコースで有名だ。彼女は親の滅茶苦茶な結婚生活による汚名を雪ごうとしたのだろうか。ンゴムボがリメット（キンシャサの不穏な都市で反モブツ派として有名なエティエンヌ・チセケディの地元）の市長の息子と結婚したのは痛恨の失敗だったように思われる。夫は大臣補佐や閣僚となることを約束されていた。ンゴムボに自殺未遂の噂もある。「それは違う。煙草の不始末が原因で家が火事になっただけだ」と周辺の者は否定する。

娘の話が少し入ったが、息子たちに話を戻そう。一九五九年にベルギーで生まれたマンダは、モブツが初婚でもうけた男の子のほとんどと同じコースを辿った。ベルギーで教育を受け、ヨーロッパとアメリカに留学し、コンゴの西カサイ州カナンガの士官学校で軍隊教育を経て、一九八六年に少尉の階級で卒業した。

父モブツがほしいままにした不正蓄財の異常さを見抜いたと言われるマンダは、抑圧的な父親の権威から自由になろうとした。まずはビジネスからだった。アパルトヘイトの南アフリカを相手に、オカピのような保護動物からダイヤモンドまで、様々な密売に手を染めてでも始めるしかなかった。そして父親が他界した後は、政治の駆け引きの場に出て行った。こうしてマンダは一九九九年に国民国家連合を結成した。父親が一九七〇年代に煽り立てた愛国的高揚によって結束しようとする集団だった。この挑戦は頓挫することになる。

マンダが息子たちにかけられた呪いから逃れられず、二〇〇四年一一月に四四歳で亡くなったからだ。パリ一六区のサン＝トノレ・ダイラウ教会で葬儀が行なわれた後、マンダの棺はモンパルナス墓地に運ばれ埋葬された。

マンダより二歳年下のコンガという息子が生まれたときは、もったいなくも恐れ多い名付け親がそのゆりかごを覗き込んだ。植民地の軛（くびき）からコンゴが解放されたばかりの一九六〇年から一九六五年にかけて国家元首だったジョゼフ・カサ＝ヴブである。とはいえモブツの上司と言えるかどうかは微妙だ。モブツは栄光ある先輩ジョゼフ・カサ＝ヴブに仕えた後、蹴落としたからである。そしてこのご縁も、控え目な性格の若い士官コンガには大したご利益にならなかった。コンガもカナンガの士官学校で教育を受け、中尉に昇格した。結婚相手はフランス人女性だった。大人しいコンガは一九九二年にベルギーで亡くなった。

❖――愛娘と離縁した婿

ニワがモブツパパのお気に入りの息子だったとすれば、ンガワリはお気に入りの娘だったと胸を張っていいだろう。その証拠に、長子ニワが死んだとき、外交顧問の地位を引き継いだのは彼女だった。モブツが政権を失い逃亡した一九九七年まで彼女はその職に就いていた。ジュネーヴの研究所とアメリカの大学で国際関係論を学んだンガワリは、如才ない切れ者で、モブツの黒幕の一人エドゥアール・モコロや、元フランス植民地政策で隠然たる力を持つ弁護士ロベール・ブルジの協力を得て、フランスの右派と緊密な関係を持つことができた。

中央アフリカの元「皇后」カトリーヌ・ボカサと親交があったンガワリは当時セーヌ河畔の豪華なアパルトマンに住んでいた。

「彼女は泥沼のような政治の世界を知り尽くしていました。またンガワリは父親の在任中から、キンシャサ、ワシントン、パリ、ブリュッセルの関係を維持するのに一役買っていました」

と、周囲の支持者の一人は言う。参考文献の『ミスターアフリカたち、ネットワークからロビーへ（*Ces Messieurs Afrique, Des réseaux aux lobbies*）』（一九九七年、カルマン＝レヴィ社刊）のなかで、アントワーヌ・グラゼルとステファン・スミスは、ンガワリはブルジ夫人の助力を得て、モブツの経済政策を遠隔操作していたと主張している。フェリックス・ウフェ＝ボワニ［コートジボワール初代大統領］時代の軍部大臣の息子でコートジボワールの実業家セルジュ・ムバイア・ブレと離別したンガワリは、ラバト、パリ、赤道ギニアのマラボの間を奔走し、時には仕事でしばらく滞在した。その人脈と影響力と交渉手腕が買われて、二〇〇九年に大臣や大使の職を提供されたが、すぐに断った。

それでもなおンガワリのこうした切り札は、モブツの棺が国に返還されるためのタフな交渉に威力を発揮している。同じンバンディ族の元首相で現上院議会議長レオン・ケンゴ・ワ・ドンドとともに、キンシャサからブリュッセルへと交渉に当たったのは彼女だ。またンガワリと姉のンゴムボは、スイス等で凍結されている父や一族の没収資産の返還を求め、長い間闘っている。この奪還作戦は一部成功している。二〇一〇年、モブツ家はかつてマリー・アントワネット所有だったキンシャサの有名なキン・マズィエールの土地を取り返した。

もう一人の妹のことも書き残すだけの値打ちはある。とはいえ話のタネは彼女自身というより、新聞の論説委員だったベルギー人の元夫にある。一九九二年七月四日バドリテで、ヤクプァはコルトレイクのブルジョワジーの息子、ピエール・ジャンセンなる青年と華燭の典を挙げた。「半分プレイボーイ、半分遊び人」とモブツの取り巻きはけなした。何とも豪華絢爛たる婚礼だった。航空編隊がエカトール（赤道）州の森まで招待客や食物を運んだのである。その中にはルノートルのアイスデコレーションケーキもあった。一世一代の大奮発だったかというと、そうでもない。花嫁の父は時折ブルージュから冷凍のムール貝を取り寄せ、ペトリュスやシャトー＝シュヴァル＝ブランとともに味わっていたのだから。

五年も持たなかった短い結婚生活は、婿殿に贅沢三昧の生活と『モブツの宮廷にて』なる題名の告発本の題材を与えただけだった。「センセーショナルな暴露」を寄せ集めたこの本は一九九七年にミシェル・ラフォン社から出版された。事実誤認に満ちた煽情的な本で、書き手が側近たちの欠点をあげつらい、強欲でおべっか使いで薄っぺらだと非難しているが、彼らにどれだけ贈り物をもらったかについては口を閉ざしている。ついでにジャンセンは野望にまかせて大儲けしようと、いくつかのとんでもない企てをした。彼は「王国」の財政をきちんと整理するべきだと主張し（膨大な仕事だ）、カタンガの鉱山企業の民営化を図り、ムアンマル・カダフィのリビアとの「ジョイントベンチャー」による製油所建設に奔走し、「駐モナコザイール領事」の肩書を持ちだして投資家にすり寄り、カタール首長に働きかけた。

――モブツ親衛隊員の忠誠

ロマンとは無縁で、揉め事の多いコンゴロの人生は波乱万丈で、粗暴な性格とアラブ世界への脱出がイラクの暴君を連想させ、「サダム・フセイン」というあだ名がついた。二人の兄にならってカナンガの士官学校を卒業したコンゴロは、ずんぐりして髭を生やしたタフガイで、スポーツカーとギャンブルと若い女が大好きだった。彼はザイール国軍（FAZ）のさまざまな機関を渡り歩き、父親直属の部下に「自由電子」と言われた。モブツの義兄ボロズィ・

グブブ将軍の下、軍事的諜報・活動機関（ＳＡＲＭ）、大統領特殊師団ＤＳＰ（親衛隊）、はては強奪、プロパガンダ、反体制派の取り締まりといった活動をしているという噂のいかがわしい会社を営んだこともあった。

少なくともコンゴロはパパの身辺警護の責任者として、窮地に陥ったモブツが国外に脱出するまでそばについているだけの度胸があった。モブツは急遽、バドリテ、トーゴ、スイス、フランスを経由し、モロッコに向かった。人の行為の良し悪しが風評で決められてしまうとしても、一九九七年五月半ば、政権崩壊のさなかにチャチ駐屯地でマヘレ将軍を殺した罪をコンゴロがかぶせられるのは間違っている。

防衛大臣であり国軍の参謀長だったマルク・マヘレ将軍は「裏切り者」呼ばわりされて殺された。首都キンシャサで流血の惨事が起きることをマヘレが懸念し、ローラン・カビラ率いる反政府勢力との対話を主張したのが仇となった。

「実は、マヘレはＤＳＰの残党の一人に撃たれたのだ。コンゴロは他のきょうだいたち同様それを知っていて、現場に駆け付けたのは一五分ほど後だった。時すでに遅しだった」

と、目撃者は述べている。この結末を迎えるまでに、孝行息子の鑑コンゴロもやはりビジネスという危険な誘惑に負け、海運業からガーナ向けの金の不正取引、輸出入業、大衆音楽まで色々手を染めた。親子関係がぎくしゃくした時期もあった。それでもなおコンゴロは、エイズに侵されながらもどうにか父親より一年以上長生きした。一九九八年九月二四日、亡命先のモナコで亡くなった。

一九七七年にマリー・アントワネットに先立たれたモブツは、三年後に前代未聞の婚姻形態を編み出した。双子との合意による重婚である。一九八〇年五月一日、正妻同然だった愛人ボビ・ラダワと結婚した。ボビは結婚するはるか前に子供を産んでいた。モブツはそれとお構いなしに、ボビと双子姉妹のコシアと常に関係を持った。専制君主モブツが死んだとき、教師の資格を持つボビだけが未亡人の地位を与えられた。御年七〇のボビはラバトに優雅に亡命して以来、王太后として、モブツが二度目の結婚でもうけた子どもたちを支配している。

二〇一二年一一月、彼女は週刊誌『ジュヌ・アフリク』の記事で、

「私は夫の存命中はまったく政治に関わりませんでした。今もその気はありません」

と、述べている。そして今のたった一つの夢は、コンゴに帰って北のゴロマの自分の農場で畑仕事に専念することだ、と打ち明けた。

✣ふがいない「裏切り者」

その夢がたやすく実現するかどうかは疑わしい。三つ編みを無数に垂らした肉付きのいい

ボビは権力闘争の場から離れるつもりでいるが、彼女がモブツとの間に婚外子としてもうけた二人の上の息子たちは、戦線を離脱せず大いに頑張った。一九七〇年三月二四日、フランソワ＝ジョゼフという名で生まれたンサンガの経歴がその証拠である。ブリュッセルとモンスの間にある名門コレージュ、サン＝ヴァンサン・ド・ソワニエ校を卒業し、モントリオールとパリのアメリカ系大学で商学と国際関係論を学んだ。ンサンガには好戦的な雰囲気はまったくない。一九九一年からザイール銀行協会の取締役会会長を務めている。それに加え、父親が最後に敗北した際、その助言役と代弁者という厄介な役を引き受けた。モブツが束の間の彷徨の末たどり着いたモロッコで、ンサンガはその任務を果たし、通信社を設立した。国を巻き込んだ政治運動が混乱を極め、座礁して以来、家族の一部はワシントンに住んでいるが、ンサンガは主に拠点であるモロッコとベルギーの間を行ったり来たりしている。

二〇〇六年の大統領選に際し、ンサンガは母親の支援の下、任期を終えたジョゼフ・カビラ、そして義理のきょうだいでありライバルでもあるジャン＝ピエール・ベンバに戦いを挑んだ。副大統領のベンバとンサンガは「モブツランド」の本拠地、エカトール（赤道）州で争った。ンサンガの妻オロフィオは、ザイールの有力者ジャノ・ベンバ・サオロナの娘だった。ジャノ・ベンバ・サオロナは旧体制の下で財を成した大物で、二〇〇九年に亡くなった。

またオロフィオのきょうだいジャン＝ピエール・ベンバは、配下の兵士らが中央アフリカで略奪を働いた容疑で、二〇〇八年七月からハーグの国際刑事裁判所で審理を受けており、今もスヘフェニンゲンの独房に拘束されている。

大統領選でのンサンガの得票率は四・七七パーセントであった。これでもそれなりの数字であり、勝者となったジョゼフ・カビラはエカトール（赤道）州の支持を得るため、ンサンガの機嫌を取らざるを得なかった。

ンサンガは自ら率いるモブツ民主連合（Udemo）を大統領の陣営にねじ込むべく粘り、二〇〇七年二月にアントワーヌ・ギゼンガ内閣の農業大臣の座を手に入れ、モブツの初婚による「一族」を口惜しがらせた。「ンサンガはまったくの門外漢でしたよ」と当時キンシャサに駐在していたヨーロッパの外交官は皮肉った。

「唯一環境問題に熱心だったくらいかな」

と、元フランス大使は述べている。

「愛想が良くて明るく開けっ広げで人のいい男だったことを覚えています。家系に押しつぶされず、今やモブツ・セセ・セコ時代の遺産を処分すべき時だと心得ていましたね。それだけでなく、インターネットからGPSまで、ハイテクの新しもの好きで、食事の間もしょっちゅうスマホに気をとられていましたよ」

家族にしてみれば、ンサンガは節を曲げ、贖いきれない裏切り行為をしたとしか思えなかった。

「政府にモブツ民主連合の部下の一人でも送り込んだらどうかと彼に言ったのだが、駄目だった」

と、モブツの衣鉢を継ぐ者の一人はため息をついた。事実、ンサンガは頑張ったのである。翌年彼はアドルフ・ムジト内閣で基本的社会需要担当の副首相に抜擢され、さらに二〇一〇年二月の再編成で雇用・労働・社会保障大臣の座を手にした。ジョゼフ・カビラとンサンガ・モブツの協調関係は二〇一一年三月に終わりを告げた。職務怠慢のンサンガが何か月もキンシャサからいなくなったのである。

解任されたンサンガは、同年一一月、再び大統領選に打って出たものの、得票率一・五七パーセントという大敗に終わった。「当たり前さ、地元のために何もしなかったのだから」とモブツ・セセ・セコの昔の側近は吐き出すように言った。

❖――遺産争奪戦

二〇〇六年にモブツの初婚時の娘たち（ンガワリ、ヤクプァ、ヤンゴ、ンダグビア）やその甥のゼマンガが出した非難声明が示すように、熾烈な政治的訴訟が、人の世の常で相続争いと相まってますます泥沼化した。引っ込み思案なンダグビアは自らの権利回復を試みた後、ベルギーで平穏な日々を送った。

「モブツ家の生き残りがいかに困窮し、モブツの隠し財産に関する噂がいかに事実無根であるかをンサンガが口を酸っぱくして言ったところで無駄です。ンサンガによると、何も残っていない、モブツは死ぬまでに全部ばらまいたというのです」

と、前出のフランス大使は可笑しそうに言う。モブツの忠臣が矛盾を承知で出した説がある。

「しつこく繰り返される噂とは裏腹に、モブツに金はなかった。湯水のごとく使ったせいもあるが、ほとんどは不動産購入につぎ込んだのだ」

ではその至宝というべき不動産を挙げてみよう。バドリテの広大な敷地。ブリュッセル首都圏の富裕層向け自治体イクルにあるフォンロワ城。パリのフォッシュ通りの豪華な別邸。きらびやかな内輪のパーティの場だった南フランスのアルプ＝マリティィム県のカップ＝マルタンの別荘。二〇〇一年、郷愁に駆られたベルギー人に競り落とされたサヴィニ（スイス）の城。ポルトガルのアルガルヴェ地方ファロの広大な土地は、今日ボビ・ラダワ元夫人が所有している。すでに述べたが、尽きない争いの種がまだある。モブツの遺体の移送方法だ。義理のきょうだいがその措置について交渉し議会も賛同しているというのに、ンガワリとココ・ゼは撥ねつけている。

至るところ疑心暗鬼だ。ンサンガは遺産をだまし取ったとして、あやふやな理由で告発されることになる。ザイール通は「ンサンガにしても、ジャン＝ピエール・ベンバはモブツに我が子のように可愛がられたのに、その信頼につけこんだのではないかと疑っている。それも結局、モブツの財産の一部を自分の懐に入れたいがためだろう」と言う。一族の駆け引きを見尽くした者はこう見る。「モブツの初婚時の子どもたちは、マリー・アントワネットの不動産転売による利益を手にするのは自分たちだけだと思っている。しかし、それ以外の者は、後継者と見なされた一九人で分配すべきだと考えている……」。とはいえ二〇〇四年、マンダの葬儀の際、ボビ・ラダワとその子どもたちが、罵声のなか棺から離れさせられたことは事実なのだろうか。「私は居合わせたが、そんな光景は見た覚えがない」と目撃者は明言を避けた。

年に一度、九月七日にラバトの大聖堂で父モブツの追悼ミサに列席する以外、ンサンガと異母姉ンガワリは互いに避けている。モロッコに住んでいるンサンガは生活を切り替えたというべきか、政治抗争を諦め、新世界と旧世界ヨーロッパの間でビジネスに専念している。

さらに、ンサンガは弟のジアラにモブツ民主連合（Udemo）の長の座を譲った。ジアラはバドリテの議員で、新モブツ主義の議員からなる弱小グループのリーダーである。英国で経営学を学んだジアラだが、二〇一二年六月、キンシャサのラ・ゴンベ区プンブ通りに一時設置された元党本部の家賃、水道、電気代の不払いがもとで兄と共に起訴された。

モブツ、ボビ夫婦の一人娘、トクはフランスとアメリカを往復しながら暮らしている。フランスでは一時、パリのレンヌ通りにあるティータイム・スタジオという名の通信社を切り盛りしていた。三男のンドクラはスペインとモロッコの間を行き来していたが、二〇一一年一一月にモロッコで亡くなった。

✣――墓に目あり

一人の妻の陰にもう一人の妻が隠れていることがある。まして正室と側室が瓜二つだった時には……。モブツは何年もの間、ボビと双子の片割れを二人とも可愛がり、心理的葛藤があるようにも見えなかった。金やダイヤのアクセサリーを贈ってはどちらにも機嫌を取った。コシアはマドリードに引きこもり、子どもたちを見守っている。三人の娘ヤ＝リト、テンデ、アエッサはスペインの母親のそばか、モロッコにいるが、この家の常で、ベルギーやフランスで彼女たちの姿を見かけることもある。

この三番目の一族で本当に最後なのだろうか。答えは否である。これで終わりにすれば、最初の方に登場したママ四一の子どもたちを蔑ろにしたことになってしまう。この子たちの父親がモブツかどうかは別だが。一番上の子は南フランスを第二の故郷にした。サンゴールという名前は、有名な政治家で文学者でもあったレオポール・セダール・サンゴールの国、セネガルで生まれたことからつけられた。巷間言われているように、彼はテランガ（ウォロフ語でホスピタリティの意）の国の上空を飛ぶ飛行機のなかで生まれたのだろうか？

「いや違う。よくある根も葉もない噂さ」

と、親しい者は一笑に付す。セネガルの初代大統領と同名であることはさておき、サンゴール・モブツはジロンド県のグラディニャンに居を定めた。彼の妹のドンゴ・イェモは二人の男きょうだい（一人はカタラン橋で行方不明になったラファエル）とまったく同じで、ポーとトゥルーズの間を行ったり来たりしているようだ。悠々たるコンゴ川の泥水からガロンヌ川の緩急自在の流れにたどり着き、また振り出しに戻る。

「慈しみ深き父よ、四散したすべての子どもたちをあなたの元に呼び寄せてください」。最後のアフリカの太陽王、この消えた星にとって、カトリックの典礼の祈願は、生前だけでなく死後もなお、使命が果たせぬ痛恨を感じさせる。

第9章

ウダイとクサイ・フセイン、父親そっくりの怪物

カタル・アブ・ディアブ

一九三七年四月二八日（推定）、ティクリートで生まれたサダム・フセインはクーデターの後副大統領になり、さらに一九七九年にイラク大統領に就任した。彼は覇権主義的政治を行なった。一九八〇年にイランを攻撃し、一九九〇年にクウェートに侵攻し、湾岸戦争のきっかけを作った。二〇〇三年、アメリカ軍がイラクへ侵攻し、フセインは失脚した。同年一二月に逮捕され、二〇〇五年一一月五日、クルド人虐殺を初めとする罪で死刑判決を受けた。

二〇〇六年一二月三〇日、サダム・フセインはバグダッドで絞首刑に処せられた。彼は五人の子どもの父だった。年かさの二人は男の子だった。フセインは息子たちに、権力とは何か、暴力とは何かを教えようとした。

二〇一四年夏、イラクは再び戦火に見舞われた。イラク第二の都市モースルはスンニー派の同盟に占拠された。その精鋭部隊となっているのはイスラム過激派組織ＩＳＩＬ（イラクとレバントのイスラム国）である。これらの反徒の多くは常にサダム・フセインの名を引き合いに出す。フセインの長女ラガドはヨルダンに亡命しているが、「父の英雄たちが成し遂げた勝利と、おじイサト・イブラヒム・アル・ドゥリ（元イラク副大統領）の壮挙を大変嬉しく思います」と述べた。ラガドの二人の兄ウダイとクサイはアメリカ軍の手から逃れることはできなかった。二〇〇三年、二人はアメリカ軍特殊部隊の攻撃を受けて死んだ。二人の死によって、サダム・フセインの男系はすべて絶たれた。しかしながら二人の兄たちは独裁者の父の手法を数年で身につけ、さらに師である父以上にその道を極めたのである。

❖——完璧な成り上がり

ウダイとクサイは、国が常にクーデターに揺れるなか、革命と称する政治活動にいそしむ父の陰で育った。父はまったく家にいなかった。一九六四年にウダイが生まれてからわずか数か月後、サダム・フセインは当時の大統領の暗殺を企てた嫌疑で投獄された。サダムの妻サジダは初めての息子を一人で育てねばならなかった。

二年後の一九六六年に次男クサイが生まれたときも、まだサダムは獄中だった。しかしこの獄中生活も間もなく終わりを告げる。二か月も経たないうちに、サダムは脱獄に成功したのである。それ以降、地下活動と当時のイラクの体制との闘いの日々が始まった。ウダイとクサイはやはり父親不在のまま成長していった。

しかし一九六八年、彼らの生活は一変した。バクダッドで新たな革命が起こり、フセインが属する、社会主義と民族主義的主張を併せ持つバアス党が政権を握ったのである。フセインは三一歳にして国内治安機関のトップに立ち、イラクで最も有力で最も恐れられる一人となった。四歳のウダイと二歳のクサイは革命指導評議会の有力者の子どもになり、贅沢三昧の暮らしが始まった。

フセイン一家は大統領官邸近くの広大な屋敷に引っ越した。敷地内にはプールがあり、子どもたちは専属の監視員が見守るなか、大はしゃぎで水遊びもできた。二人の兄弟は瞬く間に大きくなった。一九六八年にラガド、一九六九年にラナー、一九七二年に末っ子のハラーと、次々に女の子が三人生まれた。

完璧な成り上がりのフセイン家の子

楽しげに水浴するサダム・フセインと二人の息子たち。フセインは息子たちを鍛えるため、幼少期から処刑の場に立ち合わせた（© MATAR / SIPA）

どもたちはイラクの社交界に出入りするようになった。テニスをし、イラクで最も高級な乗馬クラブに入り、ペルシャ湾沿岸で休暇を過ごした。公式カメラマンが度々駆り出され、この理想的な一家の幸福そのものの姿を写真に撮り、申し分ない父親サダム・フセインのイメージを国中に広めた。実はまったくの嘘っぱちだったが、どうでもよかった。家族は一家の父の野望のため身を尽くさねばならず、その野望たるもの際限がなかった。

一九七一年、サダム・フセインはイラク副大統領となり、自ら将軍と称した。もはや最高権力者、イラク共和国大統領の地位まであと一歩だった。ウダイとクサイはぬくぬくとした環境で育つにつれ、誰からも罰せられないのをよいことに、傍若無人に振る舞い始めた。（いつもいない）父親が、彼らの横暴にブレーキを掛けることはなかった。

❖──受け継がれる暴力

二人の男の子たちは父親がどのような人物か、よく知らないまま尊敬していた。サダムは昔の自分と同じ思いを子どもたちにさせていた。サダムは父親を知らず、母方の叔父に育てられたのである。サダムの本当の家族は、彼が一生を捧げたバアス党だった。彼は息子たちにほとんど関心がなかったが、底知れぬ権勢欲と残虐性を瞬く間に植えつけた。

サダムは反逆者の処刑方法を微に入り細を穿って子どもたちに語り聞かせた。それは将来二人が身の毛もよだつ残酷な性格になるよう教育しているようなものだと、彼は気付かなかったのだろうか。

家族が集まると、サダムは必ず威張り散らし、東洋の物語の英雄気取りだった。苦しみに耐え命を危険にさらすほど、最後の勝利が際立つのだった。父親の経験談や陰謀への執着を耳にするにつれ、子どもたちの攻撃的な振る舞いがますます助長された。まだ年端も行かぬ子どもだけに、一度吹き込まれたものは生涯消えなかった。ウダイはある荒れた夜、

「敵を粛清するときは父のやり方を真似た」

と、アラブ人ジャーナリストに告白した。元政府高官も「クサイは必死で父親に気に入られようとし、目に余るほどだった」と語っている。二人の息子はサダムの教えを見事に吸収した。長女ラガドが自慢げに繰り返すように、ウダイとクサイは父に似て「死をも恐れぬ誇り高い戦士」だった。凄惨な現実をこれほど無視した見当違いな言い方があるだろうか。ウダイとクサイが度々死に接しても平気だったとしても、それは戦場においてではなく、当時の政権下の数々の拷問室で喜んでいたというだけなのだ。

一九七九年、サダム・フセインの陰謀と粛清に明け暮れた日々がようやく報われ、共和国大統領に就任した。サダムはまだ四二歳、息子たちは一五歳と一三歳だった。こうしてイラ

クは後継者ウダイとクサイのものになったのである。それを疑う者はすべて高い代償を払わされた。独裁政治は恐怖をあまねく行きわたらせることで成り立っていた。

サダムはさらに念を入れて息子たちに範を示した。躊躇いなく自ら手を下して政敵を粛清し、イランとの国境近くのイラクの町ハラブジャで、五〇〇〇人近いクルド人を毒ガスで殺害した。しかも人を殺すとはどういうことかきちんと理解できるよう、政権初期、サダム・フセインは息子たちを処刑の場に立ち会わせた。狙いは的中した。二人の少年は決して忘れなかった。

イラクの独裁者フセインは情け容赦ない支配者だった。一族、党、国家を動員して自分の政策と計画を実行した。家庭の中でさえ、彼に逆らう者は覚悟せねばならなかった。義理の兄であり竹馬の友であるアドナン・ハイラッラー将軍が軍隊で幅を利かせるようになり、自分の立場が危うくなると、サダムは一九八九年に彼を抹殺した。二人の息子は自分たちも父の怒りから免れられないのだと即座に理解した。フセインは敵であろうと身内であろうと誰のことも蔑ろにした。我が子でさえ例外ではなかった。特に甘やかされ、金を使い放題

サダム・フセイン(2004年7月)

の息子たちには日に日に失望するばかりだった。イラクを流れる大河の一つ、ティグリス川の流れを眺めながら、サダムは配下の部局長に、「家族も親戚もなく一人で生まれたかった」と、呟いたという。息子たちの無軌道ぶりについての噂があれこれ彼の耳に届いていた。ウダイはまだ二〇歳というのに、贈収賄を蔓延らせる張本人になっていることをサダムは知っていた。サダムの主治医は、

「辛うじてあったサダムおよびサダム体制への信頼感をウダイは台無しにした。ウダイの噂は国中に広がっていた、ウダイはほとんど歯止めがきかないと。私は何度かウダイのどんちゃん騒ぎから戻ってきた人たちを診た。彼らは夜にナイフで刺されたり、煙草の火を押し付けられたり、何らかのひどい仕打ちを受けていた」

と、述べている。

❖――ウダイ・フセイン「博士」

この親にしてこの子あり……。ウダイとクサイは何もかもフセインそっくりというわけではなかった。しかし共通の運命に結ばれた彼らは共に奈落へと突き進んだ。その道を開いたのはウダイだった。彼の周囲にいた人たちは、ウダイ・フセイン「博士」（強権によってもぎ取っ

た称号である）は横柄で破廉恥な若者だったと口をそろえて言う。フセイン一家を守るため一切の情報は厳重に封じられたので、ウダイの学歴について正確なことは分からない。しかし、様々な証言を突き合わせると、ウダイはまったく、外国語もできなかったらしい。バグダッド大学の医学部にしばらく在籍した後、工学部に進み、首席で卒業した。その後、政治学博士にもなった。

だが彼の大学における「才能」よりも語り継がれているのがその傍若無人ぶりだった。数え切れぬほどの殺人、莫大な財産、何百台のスポーツカーなど彼にまつわる噂は国中の知るところだった。事実は小説よりも奇なり。二〇〇三年四月、アメリカ軍によってバグダッドが制圧されたとき、ポルシェ、メルセデス、マセラティ、ロールスロイスなど、五〇〇〇台近い高級車を持っていたことが判明した。アメリカ軍兵士らはあっけにとられながら、バグダッドの大統領官邸群の一隅にあるウダイの屋敷を調べた。家、倉庫、体育館、プール、ワインカーヴ、いやそればかりか女性の居場所、ハーレムまであった。何百人もの女性の名前と電話番号が書かれた黒い小さな手帖も見つかった。五頭のライオンの子と二頭のチーターと一頭のクマがいる動物園まであった。

成り上がりならではの厚顔無恥な振る舞いはまだいい方で、ウダイは異常なほど拷問に執着した。ウダイ専属のスポーツ新聞編集長で二〇年間一緒に仕事をしたカーレド・ジャセムは、ウダイのことを「化け物」だと言っている。

「あんな残酷な人間に会ったことがない。私の人生は悪夢だった。いつも恐怖にかられていた」

ウダイは恐ろしい責め苦として中世めいたやり方を復活させた。わずかな過ちだけで、ウダイは自分の部下に拷問を加えた。板の上に寝かせ、副木で脚を固定し足首から先ははみ出したままで、足の裏を棒で殴った。この拷問は大変な苦痛だった。拷問を受けた者の足は腫れ上がり、数日間歩くことができず、平衡感覚がすっかり狂うこともあった。しかしウダイはそれだけではおさまらなかった。ウダイのサディズムはさらにひどくなった。自分がどれほど恐怖を与えているかを味わうのだ。バアス党の元幹部は証言する。

「棒打ちの刑に加われないとき、ウダイは代わりの人間を送り込んでやらせた。だが苦痛の声を聞く楽しみを奪われたくなかったので、電話で悲鳴を聞いていた」

ウダイはよく、ウイスキーやジンやシャンパンをベースにしたカクテルに酔いながら決定を下した。異常なほど妄想症のウダイは父親と同じ方法で身を守った。替え玉である。ウダイの替え玉として選ばれた「幸せ者」はラティフ・ヤヒアといった。ヤヒアとウダイは子どもの頃、学校のクラスが同じになった。ヤヒアはすぐにウダイと瓜二つだと言われるようになった。

一九八七年、ウダイはヤヒアに自分のfidaiにならないかと持ちかけた。それは「犠牲を厭わない殉教者」と「そっくりさん」の両方の意味を持つアラビア語であり、「助言者」と「ボディガード」の意味も含まれていた。最初ヤヒアはこの申し出を断った。これが間違いだった。ヤヒアは即刻独房に閉じ込められ、喉を掻き切ると脅された。従わなければ姉妹も同じ目に遭わせるぞと言われた。ヤヒアはこの脅しに屈して、とうとう頼まれた役割を引き受けた。新しい替え玉ヤヒアの最初の仕事は、「チンパンジー」と言われたウダイの笑顔に似せるために義歯を作ることだった。さらにウダイにしっかりなり切るために、ウダイや治安要員が反逆者や敵対者を死ぬほど痛めつけているビデオを延々と見せられた。ヤヒアはウダイがイラク人たちを虐待するのを実際に見るよう強要されたとも言っているが、強姦や殺人には加担しなかったと主張している。

ウダイが内輪の宴会の際に殺人を犯したとき、フセインの名を背負いフセインの子であるがゆえに免れていた罰がとうとう下されることになった。かっとなったウダイが、元内務大臣でサダムの異父弟であるワトバーン・イブラーヒーム・ハサン・アッ＝ティクリーティーの足に二発の弾を撃ち込んで重傷を負わせた。ジプシーの踊り子数人が流れ弾に当たって死んだ。サダム・フセインは怒り狂い、厳しく罰することにした。殺人犯の息子を罰するため、一番大事にしているものに手をつけることにし、ガレージの一つに火を付けさせた。高級車約二〇台を燃やしてやろうと……。

この見せしめはあまり効果がなかった。ウダイはその後も好き勝手に誰彼かまわず脅し、侮辱し、殺すのを止めなかったからである。彼の妻も気に入られなかったらしく、一方的に離縁された。サダムのもう一人の異父弟の娘だったのだが、どうしようもなかった。彼女の兄弟たちはこれに憤慨していたが、ウダイは彼らのことも公衆の面前で侮辱した。

ウダイが父の料理人ジョジョを撲殺したのは、外交関係のレセプションの最中だった。悲劇は一九八八年に起こった。ウダイはまだ二四歳だった。エジプト大統領夫人スーザーン・ムバーラクがバグダッドを訪問し、イラン・イラク戦争でイラクを支持したアラブ諸国の祝賀会に出席した。ウダイもその場にいた。目撃者によると、ウダイはフセインの信任厚い従僕の一人であるジョジョに罵詈雑言を浴びせ、倒れるまで何度も打ちのめし、ナイフで数回刺したという。ジョジョは数時間後に病院で息を引き取った。

ウダイの言い訳は、母親がジョジョに名誉を傷つけられたからというものだった。実際その数年前、ジョジョはサミーラ・シャフバンダルという若い女をフセインに引き合わせていたらしい。サダムはひと目で彼女を気に入り、一九八六年、サミーラはフセインの第二夫人となり、これ以降、サダム・フセインは複数の妻を持つことになる(結局四人の正妻を持った)。

満座の中で起きた殺人事件は大きな衝撃を与えた。ホスニー・ムバーラクは事件を聞いて恐れおののき、ウダイはサイコパスだと周囲に語った。この時ばかりはサダム・フセインも事の重大さに見合うだけの裁定をする他なく、息子を裁判所に引き渡し、八年の禁錮刑が科された。しかし三か月後にはヨルダンのフセイン一世の仲介により、息子を減刑処分にし、スイスに追放することにサダムは同意した。ウダイは叔父のイラク国連大使の監督の下で過ごすことになる。ウダイのスイス滞在は武器の不法所持による国外追放という形で幕を閉じた。その後パリで数週間の放蕩生活を送った。彼が通ったナイトクラブでは、フランスの親イラク派圧力団体が当時のバグダッドとパリの密な関係を背景に幅を利かせていた。

このような行状は否が応でも目立ち、見過ごされるはずはなかった。ウダイの被害者たちは虎視眈々と彼を狙っていた。一九九六年、バグダッドの市中で、ウダイは攻撃された。七発の銃弾を受け、死んでもおかしくない状態だった。フランス人の外科医らが駆け付けて手当てし、ウダイの足を救ったが、その後ずっと後遺症は続き、ウダイは足を引きずって歩いた。人前に出られるまで一年以上かかった。しかしウダイは大人しくなるどころか、これをきっかけに凄まじい暴力性はますますエスカレートした。イラク秘密情報機関に協力させたにもかかわらず、ウダイは自分の命を狙った者を見破ることができなかったのである。

当時、国連によって輸出を禁止されているのを逆手に取り、ウダイはイラクにおける「車、薬、酒、特に石油の密輸」といった不正取引をすべて取り仕切った。アラブ諸国、ロシア、ヨーロッパの利権屋を束ねる役割だった。ウダイはアラブ諸国の指導者層の息子たちとも親しく、その中には当時のシリア大統領のいとこやレバノン共和国大統領の息子もいた。

❖——権力の継承者クサイ

サダム・フセインは将来の後継者として長男を当てにすることはできないことを早々に悟った。ウダイはあまりに情緒不安定で、はっきり言えば精神異常だった。幸い、クサイがいた。乱れた生活を送る厄介者のウダイとは異なり、クサイは秘密を守り抜き、誰に見られなくても静かに務めを果たした。クサイは政府のナンバーツーとして父親のかたわらで認められるためならどんな労もいとわなかった。彼は軍人だけでなく、バアス党幹部やイラクの外交官に至るまで、フセインの側近の間で人望があった。クサイは慌てず騒がず徐々に昇進した。彼は謙虚で気さくな風を装うことができた。砂漠やイラクの沼沢地帯で狩猟パーティを催すことだけが、クサイが唯一大っぴらにしている娯楽だった。

一九九七年から二〇〇三年にかけてのサダム政権時代末期は、国連の経済制裁の一環として「石油食料交換プログラム」が適用され、それに乗じた汚職が蔓延した時代だった。その頃、サダムの二人の息子が対立しているらしいという噂が広がった。二人の間の確執は、フセインの後継者問題と寵愛争いが主な原因かと思われた。

不安定なウダイは、一九九六年の銃撃で痛手を受けてからは、ますます形勢不利となった。その前までウダイは、自ら運営する雑誌『バービル』、青年向けテレビ局『シャバーブ』、イラクオリンピック委員会委員長のポスト、バアス党の強化、コマンドから発生した「フェダーイーン・サダム」という民兵組織といった裏のネットワークを用いて、あらゆる権力を掌握するつもりでいた。一九九五年にウダイが設立した「フェダーイーン・サダム」なる軍隊組織は大統領直属であり、バアス党とサダムに最も忠実な組織の一つだった。

しかし対するクサイは、最も目立たぬ形で最も深く権力行使の秘策に関わっていた。一九九一年反政府勢力が政権を倒そうとしたとき、反乱の鎮圧に暗躍したのはクサイだった。彼は見事に鍛えられた有能な人材として頭角を現し、順調に継承者の地位へ歩を進めた。

クサイの学歴もウダイと同じく秘密であり、法学部に進んだことしか分からない。父にならい、クサイはバアス党と軍職に身を捧げた。はっきりした性格で仕事熱心なクサイは、公式プロパガンダにより、優れた闘士であり戦略家であると喧伝された。とはいえ一九九〇年代末から、大統領の身辺保護や警備の精鋭部隊の責任者としてクサイが表舞台に立つようになったのは、父親のお墨付きがあってのことだった。それ以前の湾岸戦争（一九九〇―一九九一年）後の時期、クサイは北部を任されていた。イラクがクウェートを放棄し湾岸戦争が終結した直後、シーア派の反乱が起きた際、弾圧の陣頭指揮を取ったのもクサイだったと言われている。クサイは特別治安部隊の幹部であり、それゆえ国民に最も恐れられる人物の一人と見られていた。

揉め事が絶えないウダイの結婚生活と反対に、クサイは穏やかで頼もしい一家の父として世間的には通っていた。イラン・イラク戦争の英雄、マーヒル・アブドゥッラシード将軍の娘と結婚し、一人娘と、ムスターファ、サダム、アドナンの三人の男の子をもうけた。残酷だが常に目立たず冷静に振る舞うことから、バグダッドでは「ヘビ」と呼ばれた。フセインの軍事顧問や保安顧問を集めたテレビ会議のとき、仕立てのいい服に身を包んだクサイは、父が何か一言発するたびに頷いた。

クサイは三七歳でバアス党軍事局長官に任命された。彼は軍全体を配下に収めたことになる。二〇〇三年に始まったイラク戦争直前、反対するイラク人将校が何人かいたものの、フセインはクサイにバグダッドを守るという使命を与えた。クサイは軍人として未熟だというのが将校たちの言い分だった。だがフセインにしてみれば戦略や戦術を立てる能力など問題ではなかった。彼は息子を信頼していたし、バグダッド防衛の大役を任せるにはそれで十分だった。

❖——人間狩り

バグダッド陥落とともにアメリカ軍は、サダムとサダム政権の大物の追跡に本腰を入れた。二〇〇三年四月一一日、アメリカ国防総省は、五二枚のトランプセットの形で、指名手配中のイラクの幹部たちの一覧を発表した。このトランプは二〇〇組のみ印刷された。サダム・フセインはスペードのエース、息子のウダイとクサイはそれぞれハートとクラブのエースだった。画像ファイルが漏洩したため、瞬く間に有名になったこのトランプはアメリカで出回り、一〇日間で七五万組が売れた。

イラク戦争に反対するアメリカ人たちはこれに目を付け、「イラク戦争のアメリカ人戦犯」のトランプを作りだした。ジョージ・W・ブッシュにあてがわれたのはクラブの四だった。

アメリカ軍が来たときバグダッドに駐在していたアラブ人外交官の証言によると、

「サダムは自分の主治医アラ・バシールをシリア大使館

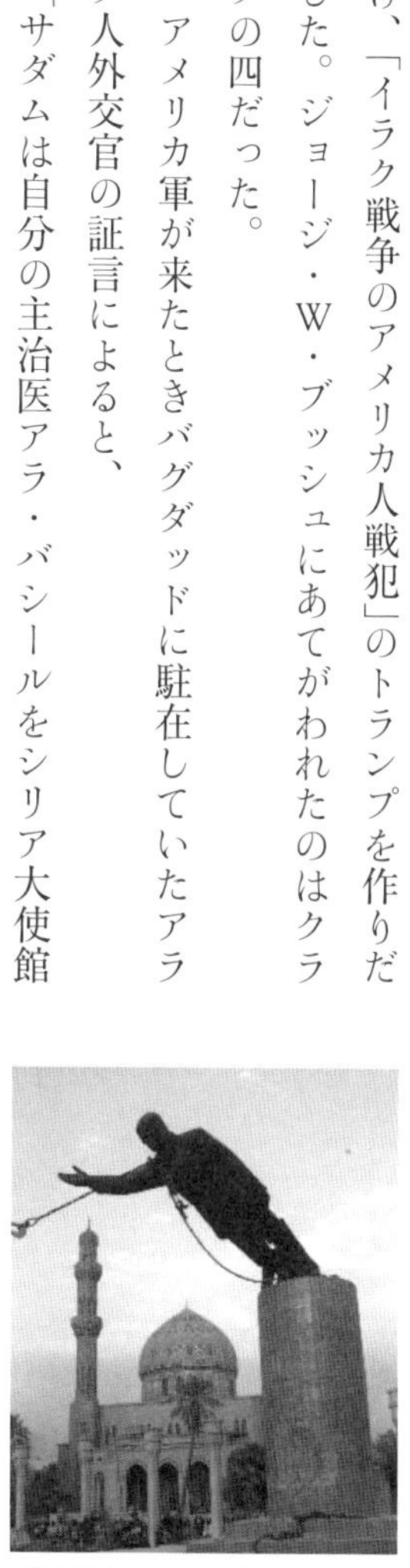

引き倒されるフセイン像
（2003年4月9日）

に送り、家族とともに自分を受け入れるようシリア政府に依頼したようだ」

と、いう。この人物の言葉を信じるなら、次のようであった。

「シリア政府はバグダッドに大使館顧問を派遣し、フセインの懇願が本物かどうか確認した。シリア政府の返事は、サダムはノー、ウダイとクサイはイエスだった。ただし持ち出せるだけの外貨持参でという条件つきだった」

二〇〇三年四月にダマスカスに居合わせた人たちは、数億単位のドルやイラクの通貨がシリアに流入したと証言し、サダム・フセインの二人の息子が二〇〇三年四月末頃、間違いなくシリアに移動したとも述べている。こうした情報筋によると、（二〇〇三年五月のコリン・パウエル国務長官のシリア訪問時など）アメリカがシリア政府に圧力をかけたため、イラク政府の指導者数人が入国を阻止されたり、ウダイやクサイのように亡命してきた者が追放されたりしたらしい。ゆえにウダイとクサイは新たな隠れ家を見つけねばならなくなった。

二〇〇三年七月になると、現地のアメリカ軍は、フセインの息子たちがイラク北部のモースルに住むフセインの親戚、ナワーフ・アッ＝ザイダーンの所にいるという情報を得た。アッ＝ザイダーンは市中に邸宅を構えていた。ある日、ドアをノックする音が聞こえた。玄関で客の顔を見た途端、彼は跳び上がった。髭が伸び放題だったとはいえ、サダムの息子のウダイとクサイだとすぐに分かった。アブドゥル・サマッドという護衛と、クサイの長男で一四歳のムスターファもいた。アッ＝ザイダーンは彼らを家に入れ、二階の広い二部屋をあてがった。

アッ＝ザイダーンは四六歳の人当たりの良い人物で、フセイン一家を後ろ盾に出世した。モースルという都市は親バアス派ではなく、ティクリートやラマディとは繋がりがなかった。スンニー派が多数を占めるとはいえ、モースルはクルディスタン［クルド人が住む領域］に隣接しており、フセイン親子の行方を追うアメリカ軍のタスクフォースが重点的に捜査していたのはこの地域ではなかった。しかし何らかの裏切りあるいは漏洩によって、アメリカ軍は「超大物」指名手配犯がモースルにいることを嗅ぎつけた。

二〇〇三年七月二二日、アメリカ軍は夜明けに逃亡者たちへの攻撃を開始した。ウダイとクサイらは三時間以上も必死で抵抗した。銃撃戦の翌日、アメリカ軍のサンチェス司令官がバグダッドのジャーナリストに語ったところによると、その日最後まで持ちこたえ死ぬまで銃撃し続けたのはクサイの息子ムスターファだったという。

こうして独裁者の二人の息子たちの伝説は銃撃戦で終わりを告げた。彼らの支持者は、「この英雄的な死によって彼らの過ちや罪の多くは帳消しになった」

と、いう。贅沢三昧、安逸に育ち、成り上がりの厚顔無恥と横暴の限りを尽くしたサダムの息子たちは、破滅とともにイラクの歴史の一ページを開いた。長女のラガドはいまだにサダムを懐かしむ人々によって正当な後継者と見なされている。バトンを受け継ぐとしたら彼女しかいない。

第10章

バッシャール・アル＝アサド、藍より青し

フレデリック・アンセル

社会主義とアラブ民族主義を標榜するバアス党所属のハーフェズ・アル＝アサドは、一九七〇年にクーデターで政権を握り、シリア共和国大統領に就任し、在任中の二〇〇〇年に亡くなった。息子のバッシャール・アル＝アサドが後を継いだ。一九六五年九月一一日生まれのバッシャールはアサド家の三番目の子だった。上には一九六〇年生まれの姉ブシュラー、一九六二年生まれのバースィル、下には（二〇〇九年に若くして亡くなった）一九六六年生まれのマジド、一九六八年生まれのマーヒルがいた。

アサド家は元々アラウィー派教徒の貧しい家庭の出だった。アラウィー派はシリアの人口の一割強に過ぎない少数の宗派である。少数派とはいえアラウィー派はシリアの指導層に上りつめ、軍隊やバアス党の組織に多くの人材を輩出している。他の宗派のシリア人から見下されてきたこの少数派にとっては意趣返しである。

父親が国防相および空軍司令官に任命されたとき、バッシャールはまだ赤ん坊だった。ハーフェズ・アル＝アサドが一九七〇年のクーデターの後、権力の座についたときもまだ五歳だった。この時のことは、幼いバッシャールの記憶に刻まれただろうか。アサド家の他の者と同様、子どものバッシャールにとっても区切りとなる重要な年だった。それ以降、アサド家の人々の生活は本当の意味で自分たちのものではなくなったのだから。何百万人のシリア国民と同じように、彼らの生活はハーフェズ・アル＝アサドの手に落ちた。しかもより良い方向ではなく悪い方向へ向かった。

❖――内気なバッシャール

ハーフェズ・アル＝アサドは一九三〇年、つましい農家に生まれた。一九五八年にアニーサ・マフルーフと結婚したとき、彼は空軍の若手中尉だった。アニーサの実家はアサド家に比べ、アラウィー派の中では有力だった。一九八五年のものですっかり色褪せてはいるが、数少ない家族写真の一つに、アニーサは夫と同じくらい硬く厳めしい顔で写っている。

若い教師だった彼女は、遠い親戚のハーフェズに会ったとき、シリア社会民族党（SSNP）で積極的に活動していた。SSNPはハーフェズの属するバアス党とライバル関係にある組織だった。彼女はその後、自分の政治的人脈をハーフェズのために利用することになる。アニーサが懸命に夫の政界進出のため奔走している間、ハーフェズはひたすら軍務に専念していた。二人の野心はただ一つ、権力を握ることだった。

出世の階段を上りながら、二人は五人の子どもをもうけた。どの子も親の権力志向を受け継いだが、一人だけ例外がいた。バッシャールだった。兄バースィルのはっきりした性格、姉ブシュラーの残忍さ、弟マーヒルの落ち着きのなさに比べ、バッシャールは極端なほど内気で「目立たない」性格だった。家族と親しい知人によると、

「バッシャールは家族からちくちく言われ、事あるごとにからかわれていた。発声の障害があって、シュー音がうまく発音できなかった」

バッシャールはひ弱な子だと思われた。父親が子どもたちに厳格に接し、一切容赦しなかったので、バッシャールの気の弱さはますます目についた。

不在がちにもかかわらず高圧的な父

1974年6月4日ダマスカスにて、ハーフェズ・エル＝アサドとブシュラー、マジド、バッシャールの三人の子どもたち。第四次中東戦争とレバノン内戦に挟まれた束の間の平和な時（© Alexandra de Borchgrave / Liaison / Getty）

親がバッシャールは苦手で、非常につらい思いをした。そして彼は母の懐に安らぎを見出すこともできなかった。母は「コワいおばさんそのもの」だった。アニーサは気性のしっかりした女性で、名家の出身だというのを誇りにしていた。彼女はバッシャールに対しても他の子と同じように尻を叩いて権勢欲を植え付けた。彼女を知る人の話では、アニーサはあっさりした性格で、アラウィー派の熱心な信者だったという。アニーサはその信仰心を子どもたちに伝える努力を惜しまなかった。

父ハーフェズが混迷する国の権力を握ろうとしているとき、バッシャール少年はすでに学校に通っていた。彼は三歳でダマスカスの学校に入った。シリアでは一流の、宗教色のない学校だった。バッシャールはそこで第二、第三外国語としてフランス語と英語を習った。当時同級だった者によると「普通の」生徒だったという。

成績が芳しくなかったので、バッシャールは最初の学校をやめ、フランス系のル・フレール高校に二年間通い、ここでは最優秀の成績で卒業した。彼の担任だった教師たちによると、バッシャールは兄や姉と同様、特別扱いもされず運転手付きでもなかった。両親は世間の目を気にしていたので、自分の子をえこひいきしたりしなかった。

中学校のときの遠足で、同級生たちが軍の検問をすり抜けようとして、彼の親の名前を出すようせがんだが、バッシャールは頑として応じなかった。彼は非常に控え目だったので、誰なのか認識してもらえずひどい目にあうこともあった。例えば父親の誕生日祝いの公開行事に出席したとき、皆が拍手しているのに、バッシャールはどういう態度を取るべきか分からず、手をだらりと下げたまま立っていた。そのとき諜報機関のメンバーが、大統領の息子だと気付かず近寄り、不敬への罰として荒々しく平手打ちを食らわせた。

「僕が誰なのか分かってもらうべきかどうか迷ったよ。結局、その場を立ち去ったけどね」と彼は後に側近に語った。

どんな子ども時代だったかジャーナリストたちに尋ねられると、普通に和やかだったとバッシャールは答える。近所の子どもとサッカーをし、父親とは卓球をし、母親の作る美味しいお菓子を食べて育った、というのが表向きの答えだ。実はかなり脚色されている。子どもたちはたまにしか親の顔を見なかった。特に父親にはめったに会わなかったので、バッシャールは母親を一番大事にし、彼女がこの地位を失うことは決してなかった。

彼は大人になっても週に何度となく母に電話をかけた。彼はボディガードに囲まれて育った。彼らから愛情など期待できなかった。アサド家の子どもたちはこの厳重な保護なしで過ごすことはできなかった。父親には無数の敵がシリアにいたからだ。一九七〇年以降アサドがシリアに敷いた軍事体制は強固になっていた。強権を振りかざす秘密警察が尋問し、反対派と見ればすぐに粛清した。

危険が生じるのは国内だけではない。特に強敵はイスラエルとの国境の向こう側にいた。バッシャールはきな臭い雰囲気のなかで育った。第四次中東戦争が勃発したとき、彼はまだ子どもだった。ヨム・キプール［ユダヤ教の贖罪日］戦争とも呼ばれるこの戦争が起きた一九七三年一〇月、バッシャールは八歳だった。父の命令で、家族全員がダマスカスから遠く離れたアラウィー派の住む山岳地帯に逃げ込まねばならなかった。イスラエルの兵士たちがアサド一家を捕まえに来ることは必至だった。

その後、ハーフェズ体制に反対するイスラム主義政治運動組織のムスリム同胞団がアサド家の子どもたち全員を狙ってきた。バッシャールの周囲に死の危険が迫った。この脅威はなかなか消え去らなかったが、一九八二年にムスリム同胞団の反乱が鎮圧されると、ようやく弱まった。

ハーフェズ・アル＝アサドは有無を言わさず、イスラム主義勢力の拠点であるハマーの町の爆撃を命じた。それは虐殺であり、少なくとも二万人の市民が命を奪われた。バッシャールはそのとき一六歳だった。ハーフェズ政権はますます先鋭化した。バッシャールはすべてに政治が絡む大人の世界で生きていくため、急速に成長していかねばならなかった。もと

ハーフェズ・アル＝アサド

もとバッシャールは一四歳のときからバアス党の青年動員組織に加わっていた。

シリアの最高権力者となって以来、ハーフェズ・アル＝アサドはすべてに用心深くなった。元々妄想症だった。父方の叔父リファアトがクーデターを企てたとき、バッシャールは父親の心配もあながち根拠のないものではなかったと納得した。リファアトはハーフェズが心臓発作で弱っていることにつけ込み、権力を奪おうとしたのである。クーデターは失敗に終わった。まだ一九歳のバッシャールの前で一つの世界が崩れ落ちた。身内さえ油断ならないことを彼は知った。リファアトはフランスに亡命した。

このように暴力が日常化した環境に耐えかね、バッシャールはシリアを離れたくなり、イギリスで医学の勉強を続けることにした。二三歳のとき、ロンドンのウエスタン眼科医院で研修医になった。

テロもクーデターもなく、両親の怒りの矛先が向けられる心配もない普通の生活をバッシャールは初めて経験した。イギリスの首都の生活を満喫している様子だったという。彼はそこで将来の妻、美しいアスマー・アル＝アフラスと知り合った。シリア系イギリス人の彼女は、ホムスのスンニー派の名家の娘で、バッシャールが安らぎを求める気持ちに応えた。

一九七五年にロンドンで生まれた彼女は「英国風」教育を完璧に身につけていた。彼女はティーンエイジャーになると自分のファーストネームを英国風にし、アスマーからエンマに変えたほどだったが、一六歳のとき、父方祖母と同じ元の名前に戻した。

❖——次男坊が表舞台に

イギリスで二人の関係が進展しているとき、ハーフェズ・アル＝アサドの長男バースィルは権力の座に就くための足固めをしていた。何年も前から、将来ハーフェズの後を継ぐのは彼しかないと思われていた。

バースィルは一九六二年生まれでバッシャールより三歳上だった。性格は正反対で、バッシャールは引っ込み思案で内向的、バースィルは傲慢なほど自信たっぷりで派手な女好きだった。幼い頃から二人の役割ははっきりと分かれていた。アサド一家と親しい人々は、バッシャールが若いとき、控え目で影の薄い自分が魅力的な兄とどう対抗できるのか悩んでいたことを覚えている。何か言いかけてもバッシャールの声は女のように柔らかく、誰の注意も引かなかった。バースィルは男っぷりがよく、軍人でスカイダイバー、スポーツカーで飛ばすのが大好きだった。しかし制御を誤ったスピードが命取りとなった。

バースィル・アル＝アサド
［1962-1994年］

一九九四年一月二一日、シリア政権に激震が走った。国の将来を担う後継者が車の運転中に落命したのである。ありふれた交通事故だった。

バースィルはドイツ行きの飛行機に乗るため、車でダマスカス空港へ向かっていた。道は霧が立ち込めていた。バースィルはスピードを出し過ぎて分かれ道に入りそこね、急ハンドルを切った。車は横転し、バースィルは即死した。同乗していたバースィルのいとこラミ・マフルーフは重傷を負った。

暗殺ではないかという噂が瞬く間に国中に広がった。パリに亡命している裏切り者の叔父リファアトが疑われたが、捜査の結果、単なる事故だという結論が正式に下された。ハーフェズ・アル＝アサドは最愛の息子を失った。バースィルはまだ三二歳、アサド政権下のシリアの未来を背負っていた。眼科医のバッシャールが家に呼び戻された。騒乱を逃れた穏やかなイギリスの日々はたった一年しかもたなかった。その時自分に降りかかった役割を拒むつもりはまったくなかった。父親に刃向かうことなど、彼には到底できなかった。

彼はダマスカスの家に帰り、姉のブシュラー、弟のマーヒルと再会した。マーヒルは血の気の多さといいカリスマ性といい、死んだバースィルとそっくりで、いつ蛮行に及ぶか分からないところがあった。ブシュラーも気が強かった。

父ハーフェズがはっきりと難色を示したにもかかわらず、ブシュラーは一〇歳年上の男と結婚していた。実際、ハーフェズは娘とアースィフ・シャウカトの結婚に反対した。一九五〇年生まれでアラウィー派のシャウカトはすでに三回の離婚歴があった。妹と結婚したら命はないぞとバースィルが脅したという噂も立った。しかし何があろうとブシュラーは折れなかった。さしもの独裁者ハーフェズも屈服するほかなく、結婚を受け入れた。

アサド家の残った三人の子どもたちのなかで、一番目立たず内気なバッシャールが、まだ歴史の浅い一族の存続のため選ばれたのだった。

コンプレックスの塊バッシャールは政治の表舞台に立った。だが何という舞台だったろう！ミスは許されなかった。バッシャールは父を失望させまいと全力を尽くそうとしていた。彼は名実ともに父親の後を継ぐことを承諾したのだ（選択の余地はなかったも同然だが）。

彼はそれまでの友人付き合いを断ち切り、兄と付き合いのあった連中に溶け込もうとした。バースィルが好きな仕事をしていた事務所を継続させた。兄が経営者だったシリアン・コンピューター・ソサエティという会社を受け継ぐことまでした。バッシャールはバースィルの身代わりになった。いや、なろうと努めた。心身ともにあらゆる点で変わらねばならな

後列左から二人目がバッシャール、中央がバースィル

かった。

六年間、バッシャールは一家の重圧を受けながら、将来の役割に向けてしゃにむに地固めをした。ホムス士官学校での勤務を経て大統領顧問になった。一九八三年から慢性の病気(心疾患、糖尿病)に苦しんでいたハーフェズ・アル＝アサドは、早急に手を打たねばならなかった。余命いくばくもないことが分かっていたので、大統領としての職務を調整していった。あの臆病息子をどう変身させるべきか、ハーフェズは頭を抱えた。自分の権威は力と恐怖でもっているだけだと彼は知っていた。少しでも弱みを見せれば反乱を引き起こすきっかけになる。ハーフェズは以前も、スンニー派の有力者やアラウィー派の将軍たちと結託し、苦労の末ようやく野心的な弟リファアトの力を削いでいた。しかしバースィルの死によってすべて振り出しに戻った。後継者問題が再燃し、次の座を狙う者たちが殺し合い、国を惨禍に陥れる恐れが出てきた。

❖——驚くべき脱皮

英国式ティータイムを習慣とする眼科医バッシャールが、一九九七年からレバノン問題に取り掛からねばならなくなった。外交上、そして内政上最も重要な問題だった。一にも二にも、シリアが隣国レバノンに政治的、軍事的支配力を維持することの確証を得ねばならなかった。

バッシャールは自分を脅かしそうな人物、特に野心の強いシリアの将軍たちをすべて排除し始めた。弱虫バッシャールが父親並みの独裁者であることを今こそ証明するのだ。気の優しい次男は驚くべき脱皮を遂げた。アサドの側近の中には、バッシャールがすっかり変わったと言う者もいた。声の調子が変わり、国家元首と見まがうばかりに自信ありげに見えた。

間もなくシリア国民は事の次第を理解した。三〇年間シリアの権力を独占したハーフェズ・アル＝アサドが二〇〇〇年六月一〇日に死去した。誰が後継者になるのか、国民は固唾をのんで見守った。ハーフェズの寵臣で防衛相のムスターファ・トラスが、ハーフェズ・アル＝アサドの遺志を尊重し、副大統領アブドル・ハリム・ハダムに昇格を諦めさせた。

ハダムは、ハーフェズが後継者として指名したバッシャールが大統領に就任する旨の決定書に署名した。二〇〇〇年六月二〇日からバッシャールの統治が始まった。しかし陰では、

「ハーフェズが草葉の陰から支配し続けている」

と、言われた。バッシャールは「きちんと整った」体制を継承しただけであり、アラウィー派が国を維持し治め続けるためには、父親のやり方を踏襲しさえすればいいのだからと。

新しい独裁者を「売り込む」ために、国家のプロパガンダ機関は、新しいテクノロジーと自

由の旗振り役となる、現代人バッシャール・アル＝アサドを前面に押し出すことに決めた。彼が政権を握ったときは大きな期待が寄せられた。

ダマスカスの短い春と言われ、囚人が釈放され、対話の場が持たれた。ジャーナリストや外交官向けの広報活動が盛んに行なわれた。「若い大統領は改革に積極的」とシリア政府は喧伝した。見事に引っかかり、ハーフェズの旧弊な監視によって改革が妨げられていたのだと言う人まで出てきた。しかし新政権が革新的か反動的かをとやかく言ったところで、勝手な憶測に過ぎなかった。この変化への期待はすぐに消え去り、忘れられた。アサド独裁政権は変わらなかった。結局、バッシャールの権力掌握は「アラブ世襲共和制」という新しいモデルの最初の典型となった。

バッシャール・アル＝アサドは、言行を一致させることはなかったにせよ、あくまで同じ言説を繰り広げた。アラブの春の始まる数か月前の二〇一一年一月、『ウォール・ストリート・ジャーナル』のインタビューで、彼は「変化」と「適応」の必要性を繰り返し訴えた。バッシャール体制の一年目は経済成長が確かに若干感じられた。

ささやかな経済活況によってアサド一族がうまい汁を吸った。その代表はいとこのラミ・マフルーフだった。バースィルが事故死したとき、車に同乗していた男であり、触れてはならない存在だった。

ラミの父はバッシャールの母アニーサの兄弟だった。マフルーフ一族はシリア経済を牛耳っていた。バッシャールは常に母を敬っていたので、母やマフルーフ家に本気で刃向かうことはできなかった。バッシャール政権の初めの頃、マフルーフ家は存分にその立場を利用した。彼らが実施した民営化の手段は、権力におもねるスンニー派の実業家の階層を生んだ。経済の開放は、ほんの一握りの恵まれた人々と一般大衆の格差を広げた。それが、貧困層の住む大都市郊外から始まった二〇一一年の騒乱を招いた主な原因の一つとなった。

外交面では、バッシャール・アル＝アサド政権初期、対外的に非常に緊迫した状態に陥った。バッシャールは二〇〇三年にイラク戦争に直面し、二〇〇五年二月に起きたレバノンのラフィーク・ハリーリー首相暗殺事件への関与を疑われた。アメリカ、フランスから圧力がかかり、レバノンの民衆が抗議運動を起こし、バッシャールは軍をレバノンから撤退させねばならなかった。シリアが国際社会でこれほど孤立したことはほとんどなかった。

しかし、二〇〇六年、レバノン南部でイスラエルがヒズボラに対し戦争を開始したことや、アサド政権に対する国際的報復が後れをとったことにより、バッシャールは政権を維持し、ニコラ・サルコジ大統領から二〇〇八年七月一四日のフランス革命記念日のパレードに晴れて招待された。

（政権末期のサダム・フセインを支持し、反欧テロリズムを密かに維持したにもかかわらず）二〇〇三年のイラク戦争、さらに二〇〇五年から二〇〇七年にかけてのレバノンをめぐる対立の結果が身に及ぶこともなく、バッシャール・アル＝アサドは地歩を固めた。父親の手法に倣い、実利的で精力的なイメージをアピールし、政権維持のためあらゆる手段を駆使した。

ヨーロッパのメディアは（二〇〇〇年一二月三一日に結婚した）彼の妻を「砂漠のバラ」と呼び、若妻の人気を煽った。これは三人の子（ハーフェズ、ゼイン、カリム）の父親であることに加え、アサド大統領に有利に働き、独裁者のイメージを和らげるのに役立った。しかし華麗なる転身となった政界デビューのエピソードやファーストレディーのイメージを除けば、バッシャール体制はハーフェズ体制とほとんど変わらなかった。制度は結局既存のものを踏襲しており、アラウィー派の安泰と国の安定、そしてアサド一族の権力掌握が永続することを目標としていた。軌道に乗っている戦略を変えることは困難だった。

❖――個人的全体主義政体の象徴バッシャール

一歩も譲らぬ覚悟のバッシャール・アル＝アサドは、初めの頃こだわった「改革者」のイメージを早々に脱ぎ捨て、強権的に国を支配した。二〇〇四年、カーミシュリー［シリア北東部のトルコ国境にある都市］で三〇人以上の死者を出したクルド人弾圧は、アサド政権の治安維持の方針を浮き彫りにした。この武力による権力行使の背後にはマキャベリ的君主の顔が隠されていた。「愛されるよりも恐れられる方が安心」とのたまったマキャベリにとって、統治とは「謀反を起こせる状態に臣民を置いてはならない。謀反について考えさせてもならない」のであった。気弱な性格という噂から生じた変化への期待を裏切り、父親に倣って、バッシャール・アル＝アサドは政権を体現するようになった。彼は国家であり軍隊であり治安部隊だった。

（マフルーフ家のいとこたちを含めたアサド一族以外の）支配階級、アラウィー派、バアス党とその支持派を安心させるため、バッシャール・アル＝アサドは「神殿の守り神」的役割の母に庇護されながら、父親の遺産を進んで引き受けた。バッシャール時代の初期は、おそらくハーフェズ・アル＝アサド未亡人アニーサ・マフルーフの全盛期だった。アニーサは二〇〇七年まで、シリアの公式なファーストレディーの称号を嫁に譲ろうとしなかった。「娘のブシュラーを味方にしたアニーサとアスマーの間には、バッシャールをどう動かすかを巡って熾烈な争いがあった」とダマスカスに駐在したフランス人の元外交官は言う。二〇〇五年、バッシャールがレバノンから軍を撤退させる決定をしたとき、アニーサは息子に、

「お父様の言葉に背いたわね。シリアとレバノンは孫子（まごこ）の代まで我が家のものとおっしゃっていたのに」

と、言ったという。アサド家がレバノンというカードを失ったことは、アサド体制の凋落の前兆と受け取られた。

二〇〇七年、バッシャール・アル＝アサドは屈辱を受けた。イスラエルがシリアの原子炉を破壊したのに対し、軍事的反撃ができなかったのである。二〇〇八年、シリアはさらに二度の打撃を受けた。ヒズボラの幹部イマード・ムグニーヤがダマスカスの市中で爆殺され、ムハンマド・スレイマン国防担当補佐官も暗殺された。これに対抗し、アサド大統領は直属の権力機関をさらに強化した。

二〇一一年三月、アラブの春がシリアに波及したとき、バッシャールは「一九八二年に父はハマーで三万人を殺し、三〇年の平和をもたらした」と言ったとされている。何人かの証言者によると、バッシャールは、騒乱が発生したシリア南部のダラアを「第二のハマー」にしようとしていた。しかし騒乱がイドリブやホムスなどシリア沿岸部の方へ拡大し、バッシャールは対策に苦慮した。

二〇一一年八月から、ヨーロッパ諸国は退陣を求めたが、バッシャールは聞く耳を持たなかった。むしろ彼に、いかなる犠牲を払ってもより一層権力にしがみつくよう命じたようなものだった。結果は周知の通りである。およそ二〇万人が亡くなり、人口の三分の一近くが移住あるいは難民となり、二一世紀初頭最大の人類の悲劇が起こった。

もはや制度の改革、あるいはまったく別の建設的なシナリオを云々するどころではなくなったように見えた。シリアの全体主義システムは、何もかもバッシャールを中心に機能しており、弟マーヒル、いとこたち、そして決して権力を手放そうとしないマフィア的仲間が背後で彼を支えている。シリアの要人たちが殺害された二〇一二年七月のテロ以降の状況は、歴史における様々な治世の終焉を想起させる。しかしこうした末期の苦しみは時に長く、多数の人命が犠牲になる。

親しみ易くリベラルな政権への期待とは裏腹に、バッシャール・アル＝アサド大統領は他を寄せ付けぬ態度で、合理的な議論すら受け付けなかった。唯一実践に移したのは、権力そして厳しい力関係の論理だった。ダマスカスの街を見下ろすカシオン山の自邸から、あるいは別の隠れ場所で、バッシャール・アル＝アサドは沈まぬ巨艦の艦長の役を巧みに演じた。

二〇一一年三月の抗議運動は当初穏やかなものだったが、尊厳と自由と正義を叫ぶ民衆を大量破壊兵器で弾圧し、その一方で「国際的陰謀」を告発し、「テロリズムとの戦い」を公言した。反政府勢力にイスラム主義組織が絡み、武力行使を辞さないこともバッシャールの思うつぼだった。彼はマイノリティの擁護者、テロに対する防御壁の役割を演じることができたからだ。実際はシリア体制は裏工作と過激派グループの遠隔操作に長けていた。イスラム主義者やジハーディストの指導者や幹部が突然シリアの監獄から釈放されたのも偶然ではない。

ロシア、イラン、レバノンのヒズボラの変わらぬ支持を追い風に、バッシャールは父よりも巧妙に立ち回っている。彼は挑戦的であり、ヨーロッパと常に対立していた。

ほんの一五年ほど前は訥弁の眼科医だった彼が、いまや暴君ハーフェズのれっきとした後継者となった。バッシャールは、自分が経験した父親との関係を我が子にもためらいなく押し付けた。彼はアサド政権とその軍事行動を正当化するのに子供を使った。バッシャールは時折、秘密の園の扉を開けるように、御用カメラマンやテレビクルーに私生活を公開した。魅力的な妻と三人の愛児に囲まれ、バースデーケーキのロウソクを吹き消している彼の姿、長男と一緒にミニカーで遊んでいる彼の姿を見てほしい。子どもの面倒を見るこの良き家庭の父が、敵、すなわち大多数のメディア、NGO、他国の外交官たちの言うような冷血漢であるはずがない。そう言わんばかりだった。

アサド家の子どもたちは戦争を知らずにいるわけにはいかなかった。「指導者」の陰で苦しむ民衆と同じく彼らも苦しまねばならなかった。バッシャールと妻アスマーは子どもたちに、与えられた役割をしっかり演じるよう命じた。

二〇一二年一月。シリアはすでに半年前から内戦状態だった。アサドはダマスカスの真ん中で大衆デモを組織し、シリア国民が現体制を支持していることを示そうとした。彼はそこで革命が起きて以来初めての大演説を行なった。

「我々は必ず陰謀に打ち勝つ……」

反徒への憎悪に燃えて吠える民衆に向かってバッシャールは叫んだ。バッシャールのそばにはアスマーが、パステルカラーのパーカに毛糸の帽子をかぶり（ダマスカスの冬は寒かった）、美しく微笑んでいた。彼女の存在は大きかった。彼女がそこにいるだけで、ロンドンへ脱出するのではないかという噂を政府は揉み消すことができた。

しかし愛し合う独裁者カップルだけでは不十分だった。突然、壇上に三つの小さな顔が現れた。一〇歳のハーフェズ（将来の名家の印であるかのように祖父と同じ名前だった）、八歳のゼイン、末っ子の六歳のカリムと、アサド家の子どもたちが勢ぞろいしたのだ。御用カメラマンが子どもたちに張り付き、その光景を写真に撮った。子どもたちは茫然とした目で、群衆のどよめきに怯えているように見えた。四〇年前、同じ年頃だったバッシャールは第四次中東戦争を経験し、生命の危険を感じた。バッシャールは一家の伝統を尊重し、独裁政治の血生臭い政争のるつぼにわが子を投げ込んだのだった。

アサド父子と付き合いがあり、ハーフェズ・アル＝アサドの命令で父親が暗殺されたレバノンのドゥルーズ派指導者ワリード・ジュンブラートは、「父親のことはよく知っている。独裁者であり犯罪者だが、息子よりはるかに礼儀をわきまえている。父親の写真はシリアに一枚も残っていない、とバッシャールが言ったことがある。父親の存在など闇に葬りたいとでも言わんばかりだった。精神科医でなくてもあれは病的な嘘つきだと分かる」と述べている。

「相手は恐ろしいほどの虚言癖と暴力性を持った二重人格のサイコパスだ。マキャベリ的腹黒さを感じた」

とも言った。

国際社会の分裂とイランとの強固な関係が追い風となり、バッシャール・アル＝アサドは政権を維持し、二〇一四年、大統領に「再選」された。依然としてシリアを支配し、当面は今の座に居座ることができる。

第11章

ムアンマル・カダフィ、最高指導者の迷える子どもたち

ヴァンサン・ウジュ

ムアンマル・カダフィは一九六九年九月一日、無血のクーデターにより国王イドリース一世を退位させ、その後四〇年以上にわたって奇妙な暴君としてリビアを支配した。二〇一一年一〇月二〇日、追い詰められたジャマーヒリーヤ［カダフィが唱えた、人民による直接統治を目指す国家体制］の最高指導者は、自身の拠点であったスルト周辺で、復讐に燃える反徒の銃撃に倒れた。カダフィの後継者となるはずだった子どもたちにとってこれは致命的だった。この不名誉な結末を迎えてから、カダフィ大佐の残した存命中の子ども五人は、もはや過ぎ去った得体の知れない栄華の火をまだともしている。彼らの居場所が、独房あるいは裁判の被告席あるいは不安定な民兵組織の手に渡った母国から遠い、贅沢な隠れ家であるにせよ。

墓場、亡命地、監獄、あるいは法廷。ムアンマル・カダフィが私刑によって殺害されて以来、子どもたちは様々な逆境を経てきた。父親と共に逃走し、同じ敵に殺されるという残酷な結末を迎えたムアタシムは、おそらく砂漠の秘密の場所で父の傍らに眠っている。ハミースとセ

ムアンマル・カダフィ（2009年）

イフ・アル＝アラブはNATO軍の空爆で死亡した模様だが、ハミースの死亡については疑わしいとする説がいまだに残る。

生き残った子どもたちのうち三人（ムハンマド、ハンニバル、アーイシャ）は、オマーン国の懐かしい雰囲気の贅沢な隠れ家で、サフィヤ（旧姓ファルカシュ）未亡人とともに苦々しさを噛みしめている。

後継者と思われていた四二歳のセイフ・アル＝イスラムは、北西部のジンタンで反体制派に身柄を拘束されており、二〇一四年四月二七日からビデオ中継でトリポリの法廷に出ている。その二か月前に亡命先のニジェールから送還された弟のサーディーも同じような境遇だが、彼は自らトリポリの法廷に姿を現すことになる。

彼らを含むカダフィ政権の三七人の「高官」の裁判は、不安定な治安、地域間の激しい対立、民族統一運動、訴訟手続きの揉め事などにより何度も延期されてきたが、やはり今こそ終止符を打つべきだ。主な容疑は、殺人、略奪、破壊、国家的統一に対する侵害行為、強姦の扇動共謀、誘拐、公金横領である。確かなのは、カダフィ兄弟の場合、家族の結束はとても考えられないということだ。

❖——剣と天秤

カダフィの元後継者、セイフ・アル＝イスラム（アラビア語でイスラムの剣の意味）は留置所にこもりながら、しきりに来し方行く末に思いを馳せている。父親のムアンマルは早変わりよろしく、光沢のあるジェラバ［フード付き長衣］からちゃちな元帥の制服まで、一日に二回も三回も衣装替えをすることがあった。セイフの方は、教養ある改革者、親欧米派、表現の自由と人権の唱道者を演じるときはシックな上着を羽織ったし、二〇一一年二月二六日、自動小銃を手に、歩兵たちに向かって演説する扇動者となったときは戦闘服と毛皮の襟付きブルゾンといった格好だった。

ジャマーヒリーヤ、すなわち民衆の共同体を信奉する歩兵たちは、敵を「血の海」に投げ込むのだと煽られた。その後逃亡の身となったセイフはトゥアレグ族［ベルベル系遊牧民］の古ぼけた服、そしてついには囚人のブルーグレーの粗末な服に身を包むことになった。彼の神出鬼没の逃亡は、二〇一一年一一月一八日、突然終わったからである。この日、ナフサ山脈の民兵らが、ラクダ引きだと言い張る四〇がらみの男、すなわちセイフを尋問した。架空の身分ではあるが、どうしようもなく口から出た。砂漠の横断が始まった。

オーストリアに留学したセイフが帰国前に、ウィーンのシェーンブルン動物園に預けていたホワイトタイガーを連れ去った得意の絶頂の時代は遙か昔のことのようだ。フランス、スイス、アメリカに受け入れを拒まれたセイフは、やむなくアメリカの大学のオーストリア分校に舞い戻った。おべっか使いや金目当ての画商が、どことなくサルバドール・ダリ風の彼の駄作をヨーロッパの美術館に展示し、優雅な特別内覧会に招待したこともある。とはいえ彼のお絵かきは一時の気まぐれで、名前が「剣（セイフ）」という割にはパレットナイフを使う絵画を侮った彼は、結局画筆を捨て、美術愛好家はほっと胸を撫で

1984年、トリポリのバブ・アル＝アズィズィヤの前で、カダフィと息子ハンニバル、娘アーイシャ。同じ場所で、数日前に反政府派によるカダフィ暗殺未遂があったばかりだった（© Walter Renaud / SIPA）

下ろした。

❖――ムーア様式の宮殿

今や燕尾服、蝶ネクタイ、セレブなパーティ、上流階級の美女たちとも縁が切れた。法廷でも牢獄の鉄格子の奥でも、セイフの瞑想にふける敬虔な苦行者のような濃い髭はよく目立つ。初公判の際トリポリの裁判官が、弁護人を付けるかどうか尋ねると、セイフは、

「神が私の弁護士だ！」

と、突っぱねた。神様は引く手あまただったと見え、国選弁護士が付き、二週間後に続きが始まった。セイフはついに遠隔地から犯行を自白した。ビデオ中継でトリポリにつなぐという離れ業に不安を感じたというより、ジンタンの監視者の融通の利かなさに彼は音を上げたのである。

彼らは、中央権力あるいは同等の機関からいくら非難されようと、彼らの貴重な戦利品であるセイフをかなりの額の身代金と交換でなければ引き渡さないだろう。それが現金か、大臣のポストか、政治・行政面の自治形態なのかは分からない。その上遠隔地にいる被告人はセイフ・アル＝イスラム一人ではない。ムアンマルの死まで側近として従った国内治安機関

責任者、マンスール・ダウもいる。ダウは首都トリポリから二〇〇キロ東に位置する港湾都市ミスラタで、元反体制派に捕らえられている。彼もまた画面の向こうから裁判に出廷する。法廷というリング上で繰り広げられる裁判というボクシング試合を見ていると、一〇年前のことが筆者の脳裏に蘇ってくる。二〇〇四年五月のあの日曜日、丸刈りで細いフレームの眼鏡をかけ、芸術家気取りのセイフは、トリポリ近郊のムーア風の瀟洒な家で、クリーム色のガンドゥーラ［袖なしの衣服］を着て客をもてなした。

彼一流のこだわりの屋敷は、ハルマッタン［乾いた熱風］の吹き抜ける黄土色の無人地帯の真っただ中にあった。監視カメラが設置され、訪問者をチェックしており、豪邸らしい静かな佇まいだった。モザイク、ステンドグラス、蜂の巣状の天井、エミール・ガレのシャンデリア、星や三日月模様の房付きクッションが並んだ深紅のソファ……。BGMは泉水の打つ静かな音だった。客間の壁には日本製の巨大なテレビスクリーンが掛けられ、カタールのアルジャジーラ放送局の番組がずっと流れていた。一〇年後カダフィ家が、ベンガジ等の反体制派に肩入れするカタールのアルジャジーラを侮辱するなど、誰に予想できただろうか。

✣――プリンスと控え目な性格

　当時、カダフィ家の当主セイフは、ロンドン・スクール・オブ・エコノミクス（ＬＳＥ）に提出する政治哲学の論文を一年半で書き終える予定だった。題名は「世界政府機構の民主化における市民社会の役割」というものだった。実際はこの壮大な構想の大仕事をやり遂げるのに三年かかった。盗用すれすれでＷＴＯ（世界貿易機関）の資料をふんだんに引用し、ある経済論文と、イギリスのＮＧＯが提供した報告書を切り貼りしながら、だらだらと書き上げた。

　このほか、セイフは、矢継ぎ早の質問を受け、流暢な英語で応じたことがある。アメリカについて。

「もはや敵ではない。アメリカは独自の計画を持つ超大国だ。激しい対立がいつかまた起こるかもしれない」

　最近、改革派新聞が休刊になったことについて。

「自由で独立した、中立的な報道機関はリビアにはない。指導者におもねる記事を延々と連ねるようなことをまだやっている」

　多元主義について。

「民主主義は民主主義だ。定義は一つしか存在しない。直接民主制であるべきだ。我々は総選挙を行なうつもりだ。リビア人はそれを求めており、私たちはこの世界の一部だ」

人権について。

「私が最も成果を挙げたことの一つだ。法においても実践においても、人権を巡る状況はアメリカよりはるかに良好だ。私はそれを誇りに思っているし、アムネスティ・インターナショナルはこれに反論できまい。リビアの刑務所に思想犯は一人もいない。ゼロだ。秘密組織を作ろうとして逮捕されたムスリム同胞団は別だが」

世襲について。

「私は私でずっと距離を置きながら活動し、ジャーナリスト、作家、教授という役割を果たしている。跡継ぎのプリンスでもなければ副大統領でもない」

肩書は確かに違う。しかしセイフには肩書による特権もある。たとえば、二〇〇〇年、カダフィ国際慈善基金総裁として、セイフは人質ジョロの解放をフィリピン側と交渉した。ジョロはフィリピンのイスラム主義者アブ・サヤフの指示で誘拐されていた。「剣」を意味する名前に相応しく、セイフは国際ビジネスを巧みに切りさばき、ラフィコやオイルインベストといった外国投資を管理している。業績の悪いこの二つの持株会社をセイフは根本から立て直すことを考えている。

た。

❖——許されたブルータス、ムアタシム

当時、カダフィ兄弟でセイフのライバルとなりそうなのは完璧主義者ムアタシムだけだった。人々は、彼の遺体がミスラタの市場の冷蔵室の汚いマットレスの上で、父親の遺体の傍に横たわっているのを目にすることになる。それが、秘密裡に埋葬されるまでの最期の姿だった。

医学部卒で反体制派の鎮圧の立役者だったムアタシムが、二〇〇七年、国家安全保障会議顧問に抜擢され、後に解任されたのは事実だ。無理もない。不可解な衝動に突き動かされ、いや酒の勢いで、ある時ムアタシムは精鋭部隊の戦車を、父の住居であるバブ・アル＝アズィズィヤ［重装備の地下壕］に差し向けたからである。我らがブルータスは父への反逆の代償としてエジプトに長く追放されることになる。やはり訳の分からぬ恩赦によって帰国が許され、追放期間は縮められたのだが。二〇〇九年四月、ムアタシムはワシントンでヒラリー・クリントン国務長官と会談した。ムアタシムはリビアの軍事増強に積極的であった。さらに父カダフィに同行してモスクワからローマを経て国連のニューヨーク本部を訪れるという晴れがましい役割を果たした。カダフィは国連総会でとんでもない内容の長広舌を振るった。アメ

リカ訪問で唯一残念だったのは、ガイド役の息子が手を尽くしたにもかかわらず、ムアンマルはマンハッタンの芝生の上にテントを張ることも、九・一一事件の現場であるグラウンド・ゼロを訪れることも許されなかったことである。

当時密かに繰り広げられた後継者争いはセイフとの対立を生んだ。カダフィ親衛隊となったムアタシムは、切り札を生かすことも可能だったが、ハンディにも悩まされた。切り札は、部族の上層部、将校、安全保障機関、保守派の大物、セイフのあやふやな改革志向に苛立つジャマーヒリーヤ主義者からの厚い支持だった。ハンディは、根っからの酒癖の悪さによる暴走だった。

ムアタシムはいつもの習慣で、二〇一〇年の年越しをフランス領アンティルのサン・バルテルミー島の上流クラブで、ウイスキーとシャンパンを浴びるほど飲んで過ごした。そこにはビヨンセとアッシャーも呼ばれ、プライベートコンサートを開いた。二人のR&Bのスーパースターにはそれぞれ七〇万ユーロ以上のギャラが支払われた。

空威張りと強欲、これらはおそらくカダフィ家のスターたちの最も著しい共通点である。石油から電話通信事業まで、お家芸である横領の分け前を手にすることに

五男アル＝ムアタシム＝ビッラーフ・アル＝カダフィ
［1974–2011年］

必死なのだ。

　たとえば二〇〇六年二月、コカ・コーラのフランチャイズシステムを導入しボトリング工場を占有したことから、ムアタシムとムハンマドが販売権をめぐって争った。ムアタシム派はいとこでもある長男ムハンマドの義兄弟を誘拐することまでした……。カダフィ家には守銭奴のスクルージだけでなく、「近親者を次々殺害した」暴君ネロや冷酷なボルジアがいることは知れ渡っている。サフィヤ夫人は、夫の亡骸を見つけるのに協力するよう命じる手紙を国連に送りつけている。

　その一方、息子たちに劣らぬ鋭いビジネス感覚の持ち主でもある。カダフィ政権の末期まで、サフィヤ夫人はブラク航空の経営者だった。この航空会社は巡礼の時期にメッカへ向かうリビア人の輸送をほぼ独占している。もし彼らが目に入れば、アッラーは巡礼の徒だと気づいてくださることだろう。

❖――サーディーあるいは陰謀家の幻想

　二〇一一年九月、カダフィの三男、サーディーは革命軍の手から逃れ、まんまとニジェールに逃亡できた。首都ニアメに置かれた地域経済協力機関の豪華な館に、「人道上の理由で」

仮住まいの身である。二〇〇五年に特殊部隊を手中にした大佐サーディーは、サヘル地方の厚いもてなしの伝統も、ニジェール大統領の辛抱強さも早速無下にしてしまった。とはいえリビアにとって残念なことに、マハマドゥ・イスフ大統領は、この扱いにくい客人サーディーを法廷の制裁から守ろうと当初決めていた。リビアの法廷が、「正しく公平で公正な」処置をするとは考えられなかったからである。

筋金入り道楽者のサーディーがビールとウォッカに溺れ、明け方までニアメ中のクラブを荒らし回ったことくらいはまだ許せた。しかし、自粛の約束を反古にして、暴動を呼びかけ、元諜報員のボスで共に亡命したアブダラ・マンスールとともに、夢の政権奪取を画策するのは断固、お断りだ。

すでに二〇一二年二月、アラビア語国際放送アル・アラビアの番組インタビューでサーディーは、近いうちにリビアで民衆蜂起が起こりうると発言した。この自粛の約束違反のためにサーディーは、今度こそ居住指定された。それでもなおサーディーは失地回復の夢を捨てきれなかった。キレナイカ（東部）独立派指導者であり石油施設警備隊幹部のイブラヒム・アル＝ジャトハランにすり寄ってみたが駄目だった。

さらに深刻なことに、リビア側は「強力な証拠」を盾に取り、サーディーを告発した。カダフィ派残党とそれに加勢する部族をサーディーが扇動し、少なくとも二か所に緊張を再燃させたという内容である。二か所とは、二〇一四年に武力衝突の震源地となったリビア南部のセブハ、そしてチュニジアとの国境に近い飛び地であった。ニジェール側は、南アフリカ、タンザニア、アルジェリアなど多くの国にサーディーを受け入れてくれるよう要請したが、無駄骨に終わった。ニジェールはもはやサーディーという厄介者を抱えるのは沢山だった。

サーディーは三月六日にトリポリ当局に引き渡された。さすがの暴走男も年のせいか大人しくなり、アル＝ハドバの拘置所の重屏禁の独房にいる。カダフィの義弟でいとこの元軍事諜報部長アブダラ・アル＝サヌーシや、カダフィ時代の最後の首相バグダディ・アル＝マハムーディも近くにいる。サーディーは、メキシコの太平洋沿岸の楽園とまではいかなくても、反帝国主義の拠点、ジンバブエかベネズエラに行くこともできたのではないかと思えてならない。

❖——サッカーから世界へ

少なくともラテンアメリカに亡命していたら、ブラジルのマラカナンと並ぶサッカーファンの聖地、メキシコのアステカ・スタジアムと縁ができたかもしれない。サッカーに関しては、サーディーの不安定な経歴が、甘やかされて育った人間特有の強情さをよく表している。

クラブチーム、ペルージャの一員としてセリエAの試合に何度か登場したのは、家名と財力のなせるわざだったことは確かだ。控えのベンチの常連だった彼が出場した時間は合計一五分。しかも相手チームは、カダフィ家が当時資本の七・五パーセントを所有していたトリノのユベントスだった……まあいい。サーディーはアフリカ出身の名選手としてただ名を残したかったのだ。

彼はまた、一九八六年のワールド・カップでアルゼンチンを優勝に導いた名監督カルロス・ビラルドや、天才プレーヤーかつコカイン常習者のディエゴ・マラドーナを法外な報酬で呼び寄せた。しかし、トレーナーとして採用した、一九八八年オリンピック優勝者のカナダのスプリンター、ベン・ジョンソンは、すぐにドーピングが発覚してメダルを剝奪された。後援者になるのも何かと面倒だ。

サーディー自身がイタリア滞在を早々に切り上げざるをえなかったのは、禁止されている筋肉増強剤を多用したのが原因だった。とはいえ、たまに見せ場を作ってくれるのは面白い。ベンガジの特別トーナメントのリビア対ガーナの最終試合は、一九九九年一二月三一日の現地時間午後一一時に組まれていた。万年控え選手だったサーディーが、信じがたいことに「二〇世紀最後のシュート」を決めたのだ。チャンスが来ないとサーディーはすぐかっとなり、試合はそっちのけでテレビのマイクを奪い取り、野次を飛ばしたりした。だがこれも、二〇

○○年八月にあった出来事から見れば大したことはない。サーディーの属するチーム、アル＝アハリが○対一でリードされた時だ。その後二回のペナルティ、一回のオフサイドのシュート、三人の退場となり、反撃などとてもできなくなった。ベンガジのサポーターは裏切られて怒り狂い、サーディーをののしりながら町中を荒らし回った。

ベンガジは元々イスラム主義者の拠点で、歴史的に反政府勢力が強かった。サーディーは辞表を出したが、カダフィの元に「心からなる」嘆願書が山のように来て、すぐに取り下げられた。その四年前にも、トリポリでの試合が暴動に発展していた。アル＝アハリ対ムハンマドのクラブチームの試合で、兄弟同士の争いとなった。

ムハンマドはムアンマル・カダフィが第一夫人との間にもうけた唯一の子であり、エンジニア、電気通信業の大立て者、チェス愛好家、リビアオリンピック委員会委員長であった。乱闘が始まり、双方のボディガードが発砲した。死者は二〇人ほど出た模様である。死亡したと思われる審判はマルタ出身だった。もっともだ。地元の審判ならこんな危険な仕事は絶対に避けただろう。もう一つの不運によってサーディーのスポーツマンとしてのオーラはなくなった。すなわち二〇一〇年ワールド・カップ開催国としてリビアが立候補し、惨敗した件である。開催国決定の前日、モナコで思いもかけず腹膜炎に襲われたサーディーは、報道陣を前に主張を明らかにする機会を失った。この家系は元々身体が弱いのだろうか。一九七〇年代初め、ナセルに心酔する若き将校だったムアンマルは、虫垂炎にかかったのがきっかけでサフィヤという看護師に出会ったと言われている。彼女はのちにムアンマルの第二夫人になった。ペルージャの厄介な補欠だったサーディーは、父親にサッカーというスポーツを理解させるという快挙を成し遂げたのかもしれない。スタジアムの観客席に群がる「馬鹿ども」の喚き声に圧倒されたムアンマルは、軽蔑の念を込めてこの種目をこきおろしていた。

❖——アーイシャ、マネキン娘の怒り

アーイシャは名実共にカダフィ家の一人娘である。いかにもモダンな風を装って髪をブロンドに染めていたことから、恐れ多くも「砂漠のクラウディア・シファー［トップモデル］」なるあだ名がついた。その後、薄手のヴェールをかぶり、周囲の視線から髪を隠している。三七歳のアーイシャもまた、その激しい気性と気難しい性格に足をすくわれるだろう。サーディー同様、大人しくしていることができないのだ。

彼女は弁護士で、二〇〇四年にイラクの暴君サダム・フセインの弁護団に加わった。二〇一一年八月二九日、臨月の彼女は母サフィヤ、異母兄ムハンマド、実兄ハンニバルと共にアルジェリアに不法入国した。その翌日、ジャネの病院で女の子を産んだ。少なくともここま

ではもっともらしいシナリオだ。というのも石油に劣らぬリビア名物のゴシップが、インターネットを通じて様々な尾ひれをつけて伝わってくるのだ。その一つによれば、色々考えあわせると赤ん坊はどうやら男の子だという。別の噂によると、アーイシャは六か月前に出産していて、男女どちらであれ、こんなにすぐもう一人産むことなどあり得ない、という……。

幸い、難を逃れたカダフィ家の人々にそれ以上の逆風は吹かなかった。アブデラジィズ・ブーテフリカ大統領に招かれ、アルジェリア西部の海浜リゾート地、スタウエリの国有住居に落ち着いた。気が強くて過激なアーイシャは、国連の「親善大使」を解任されたばかりだった。

彼女は早くも九月から、カダフィ政権寄りのシリアのテレビ局アライの番組で、舌鋒鋭く攻撃を展開した。カダフィを称えよ、裏切り者を糾弾せよ、「殉教者」のため復讐すべき、国連は恥を知れ。国連という機関をアーイシャは毛嫌いしていた。同様にニコラ・サルコジを初めとするフランスの指導者たちのことも憎悪しており、二〇一一年六月、「人道に対する罪」で彼らを告訴したが、パリ検事局は即座にこれを不起訴処分にした。

彼女の夫（カダフィのいとこで将校）と、子どものうち一人あるいは二人がNATO軍の空爆で亡くなったらしいことは付け加えねばなるまい。受け入れ側のアルジェリアはアーイシャを持て余すようになり、癇癪持ちで気まぐれな彼女は厄介者となった。優雅に調えられた折角の家具調度品を焼却しようとしたのは序の口で、「ブテフ」大統領の肖像を引き裂くという不敬罪に相当するようなまねまでしたらしい。

以来爪はじきされたカダフィ家が行き先を湾岸地域に求めた結果、オマーン国王カーブース・ビン＝サイードが二〇一二年一〇月にＶＩＰとして迎えた。事実、サフィヤ御一行は相変わらずの贅沢ぶりで、マスカットの高級街クルムで宮殿のような所に住んでいる。オマーン国王の受け入れ条件は、決してこの国で波風を立てないこと、政治活動をしないことだけだった。二年が経過し、怒りっぽい兄ハンニバルにとってもアーイシャにとってもどれほどの忍耐かは分からないが、この取引はまだ保たれている。

✣――ソルボンヌの悪態つき

ムアンマル・カダフィは実の一人娘を、血を分けた子どもたちのうちで「一番政治家向き」と思っていた節がある。とはいえ二〇〇〇年の初め、父親ゆずりの攻撃的な性格が災いして、トリポリとロンドン間の関係修復という難題をいささか拗れさせたこともある。アーイシャ嬢はロンドンで、高級ブティックやドーチェスター・ホテルに足しげく通った。二〇〇〇年七月アーイシャは、こともあろうに有名なハイドパークのスピーカーズ・コーナー［演説や議論を行なう公の場」で、アイルランド共和軍（ＩＲＡ）の「自由の戦士たち」を褒め称えた。不穏な空気になって慌てて帰国したが、帰った先では、アルジェリアのライ歌手シェーブ・ハレドのヒット曲『アーイシャ』のあまり嬉しくない替え歌を反政府派の若者たちが喜んで口ずさんでいた。

時が経ってもアーイシャの性分は直らない。カダフィお気に入りの豪胆な法学部教授、エドモン・ジュヴの計らいでソルボンヌに入学したものの、後足で砂をかけるようにこの神聖なる学府をやめた。ヨーロッパ帝国主義に毒された知の集積からは何も期待できないというのが理由だった。「私はもう国際法など信じません」とアーイシャは教授に言った。その教授にしろ北朝鮮の金一族に盲目的に肩入れしている。

「いい気なものだ。どうひいき目に見ても、あの貧弱なフランス語では、どんな免状も与えられないのではないか」

と、アーイシャを束の間指導した教官の一人は皮肉を込めて反論する。彼女が拳を振りかざして何か主張すると、必ず厄介なことが起きる。二〇一一年三月、複合施設バブ・アル＝アズィズィヤ（父の要塞）の芝の上を縦横に走るトラックの後部座席に、彼女が陣取っているのが見えた。メガホンを手に、支持派の最後の残党を叱咤激励するために。

❖──うるさい荒くれ者、ハンニバル

オマーン国王に引き取られたカダフィ一行の一人、ハンニバルに移ろう。リビアの海運局の元責任者であり、カルタゴの名将と同じ名のこの強者は、気楽な身分の頃にポルシェを酔っ払い運転し、シャンゼリゼを時速一四〇キロで逆走したことがある。

暴力事件も起こした。二〇〇八年七月ジュネーヴの豪華ホテルで、ハンニバルとその妻であるレバノン人モデル、アリーネ・スカフにスイス警察が厳しく職務質問した。夫婦はモロッコ人とチュニジア人の使用人二人を激しく殴打し、切り付けていた。それに対し父カダフィはトリポリで、スイス人のビジネスマン二人を拘束するよう命じ、スイスへの石油輸出を停止すると脅しをかけた。この報復措置は効果があった。スイス政府は泣く泣く屈辱的な降参をしたのである。

翌年、今度はロンドン警察がクラリッジホテルのスィートルームに乗り込んだ。ハンニバルが妻を殴り、顔を血だらけにした彼女は病院に運ばれた。しかしハンニバルは謝る術を心得ていた。彼はすぐに、顔の腫れ上がった妻にニューヨークのパーティをプレゼントし、ゲストスターとしてまたもや気のいいビヨンセを呼び寄せた。

残酷という意味ではアリーネも人後に落ちない。ジャマーヒリーヤが崩壊しつつあった二〇一一年夏、ハンニバル夫婦のトリポリの敷地内のあばら屋で、エチオピア人のベビーシッターが顔にひどい火傷を負っているのが見つかった。ベビーシッターのムラーが泣き喚く子どもたちを宥められないでいると、アリーネはいつも彼女に熱湯を浴びせていた。

同じ屋敷で、イギリスの日刊紙『インディペンデント』の特派員は、捨てられたパソコンに、合計二〇〇〇万ユーロ近いと思われる三回の口座振替の形跡と、ヨットの購入計画を見つけた。サメ六頭が泳ぎ回れる大きさの水槽を備えた、途轍もないヨットだった。

――ハミースとハナ、亡霊と奇跡の人

噂によって甦った死者、しっかり生きている若き「殉教者」。カダフィ家の物語は当然ながら影なる謎の部分を秘めている。末息子のハミースは、最も恐れられた第三二特殊連隊が決定的に崩壊するまで司令官を務めた。この旅団はリビア軍で最も重装備で粒ぞろいの強固な集団だと専門家に思われていた。

二〇一一年春から翌年秋にかけて、ハミースの死が報じられては否定されるといったことが六回ほどあった。反乱が起きて間もなく戦闘パイロットが司令部に仕掛けた自爆攻撃でハ

ミースは死んだ。あるいは、ミスラタ近くで八月に受けたNATOの空爆で命を落とした。あるいは、同じ頃にトリポリの東部戦線で起きた反政府派との小競り合いで死んだ。あるいは、ワルファラ族の根拠地でカダフィ派の最後の砦となるバニワリードで、二〇一二年一〇月に息を引き取った。もっと突拍子もない噂話によると、オマーン国王所有のボーイング七四七機に忍び込み、母親と三人の兄姉を引き取るためアルジェリアへ飛んだという……。

カダフィ派の語る伝説によると、当時三歳になるかならぬかのハミースは、ロナルド・レーガンの命じた一九八六年四月一五日のアメリカ軍の空爆でけがを負った。アメリカ兵二人を含む犠牲者を出した西ベルリンのディスコ爆破事件にリビアが関与しているとされ、その報復としての空爆だった。公式発表によると、この復讐攻撃でハナという赤ん坊の命が奪われた、という。バブ・アル＝アズィズィヤの小部屋で爆風に飛ばされたハナは、カダフィの養女だったと報じられた。カダフィは亡くなったパレスチナ人の医師夫婦の遺児ハナを引き取っていたという。

カダフィという偶像を破壊しようとする人々は、ハナはムアンマルが数知れず残した不義の子の一人ではないかと憶測しているが、どうでもよい。実は、アメリカ空軍のF11戦闘機が雨あられと爆弾を落としたにもかかわらずハナは生き残り、蛮族アメリカ人の被害を受けた象徴的存在として育てられたのである。

カダフィの地下壕の自宅に招かれた賓客たちは皆、揺りかごと子ども用家具に囲まれてもてなしを受けねばならなかった。二〇〇六年、トリポリでは「帝国主義侵略」二〇周年の追悼行事として「平和と自由のハナ・フェスティバル」なる催しさえ開かれた。被害の大きさを見せつけるように荒れ果てたまま放置された建物の前で、スペインのテノール歌手ホセ・カレーラスやソウルの神様ライオネル・リッチーが歌を披露した。とはいえハナは、その七年前の一九九九年六月、南アフリカの英雄ネルソン・マンデラ主催の昼食会にかこつけて、カダフィと共にケープタウンに姿を現している。

❖――血の掟

ハナのことはリビアのタブーかもしれない。それでもやはり、ハナがアメリカ軍の空爆の犠牲になったという噂をにわかには信じられないリビア人がいて、ハナの秘話を通りすがりの外国人記者である筆者に喜んで話してくれたりする。ハナ生存の疑いは、二〇一一年夏、ある若手医師の証言によって確信に変わった。幸か不幸かこの医師は、医学部の教室でハナと隣り合わせの席になり、さらにトリポリ中央病院でも遭遇した。

「カフェテリアで、カダフィ派のお守りみたいなバッジを得意そうにつけた同僚にお説教したら、すごく険悪なムードになった。翌日、ハナのボディガードの一人からもう病院に来るなと言われた。誰が言う通りにするものかと思い、郵便物を取りに行ったのが間違いだった。駐車場で『アンチテロリスト隊』のごろつきにひどく殴られ、目隠しをされて連行された。拘置所で拷問を受けた時は死ぬかと何度も思った」

と、彼は打ち明けた。中央病院の外科医の証言もある。

「カダフィはこの建物の最上階に、ハナ専用の御殿みたいな部屋を作らせた。大理石、シャンデリア、贅沢な寄木張りの床で、かかった金は二〇万ドルを下らないだろう。医者の月給の二〇〇〇倍だよ」

この数日後、抜け目のない商人が筆者の所に来て、バブ・アル＝アズィズィヤが反乱軍に破壊しつくされた直後にかっさらった一束の記念写真を売りつけようとした。迷彩服を着た、かなりでっぷりしたハナ、誕生日の祝宴の席で両親の間でポーズを取っているハナ、悪趣味なソファでカダフィと姉アーイシャに挟まれて丸くなっているハナが大きく写っている。

しかし、多額の報酬で「瞬間湯沸かし大佐」カダフィの秘蔵っ子の歯列矯正のため来た、あの有名なロンドンの歯科矯正医と一緒の写真はない。カダフィのこよなく愛する豪華な兵舎の真ん中にあるハナの仮住居から、数人の記者が掘り出した遺品に何があったかまで分かっている。アガタのバッグ、高級香水瓶、精神安定剤、九五Bのシャンタル・トーマスのブラジャー二枚、ダリダ（フランスの歌手）の歌集。ヒポクラテスの誓詞［医者の倫理規定］でもありそうなものだが、見当たらない。

二〇一一年一〇月二二日に公開された詳しい調査内容で、『リベラシオン』は、反乱の最初の負傷者が外科病棟にあふれたときにハナ医師は実に冷淡な言葉を吐いた、と書いている。

「この反乱分子のネズミどもにやる血液バッグはないわ」

冷酷そのものだ。彼女のメスから無事逃れられるような反徒はいたのだろうか。

第12章

没落の一族、ムバーラク

アンヌ＝クレマンティーヌ・ラロック

ホスニー・ムバーラクはおよそ三〇年にわたってエジプトの支配権を独占した。軍人出身の大統領は毎回選挙で八〇パーセント以上の得票率を勝ち取り、五期にわたって独裁政権を維持した。二〇一一年二月に退陣したムバーラクは二人の息子、五〇歳の長男アラー、後継者とされた四八歳の次男ガマールも道連れにした。輝かしい前途を約束されていた息子たちは、長きにわたって現代のファラオと言われた父の威光を借りてきたが、アラブの春の波及によって父もろとも失脚した。

アラー・ムバーラクとガマール・ムバーラクの上昇志向には、両親が胸に燃やし続けた征服欲が脈々と受け継がれている。向上心と社会的、経済的復讐心がない交ぜになり、熱い活動エネルギーになった。アラーとガマールに選択肢はなかった。彼らは金と名声と権力をものにしなければならなかった。父親が自ら運命を切り開いたように——ホスニーは大統領すなわち国家の最高権力者の地位を元々約束されていたわけではなかった——息子たちは後を継ぎ、ひたすら富を貯え、一家の財産を守らねばならなかった。この有無を言わせぬ命令は、両親であるホスニーとスーザーンの出会いから生まれた家族の物語に端を発している。

——名家の誕生

ホスニー・ムバーラクとスーザーン・サービトは一九五八年に結婚し、庶民ではなく「ほぼ」エリートに属する二つの質素な家庭が結びついた。二人はその後「ほぼ」からまさに頂点へと立場を変えたのであり、子どもたちへの期待もそれだけ大きかったと思われる。ホスニーは中流階級の出身で、裁判所の書記官だった父親は、子どもたちが田舎の小市民階級から社会の上層部にのし上がるのを夢見ていた。父親は裕福そうな外見にこだわった。息子たちを目立たせ、富裕層の友人たちの中にいても人目を引くよう何かにつけ気を配り、エジプトで売られるようになったばかりのホッケーのスティックを買い与えたりした。

スーザーンの方がブルジョワ風で裕福な環境に育った。父親はエジプト人、母親はイギリス人という二重国籍だったので、イギリスのパスポートを持っていた。ホスニーはその先事あるごとに、自分と息子と、時にはエジプトのためにそれを利用した。ホスニー・ムバーラクはスーザーンの二重国籍と知的で豊かな家庭環境に憧れた。彼女の祖父はカーディフの石炭工場の経営者、父親は医者、おじたちは軍人だった。二人の結婚はホスニーが社会に出てから初めての発展であり、軍人として政治家としてのスピード出世は第二の発展となった。

ホスニー・ムバーラクはエジプトを支配することが夢だった。その夢に近づくために彼は軍人の道を選んだ。彼の理想だったナセルも軍人から出世した。ひらめきはないが大変な努力家だったムバーラクは、すべてを犠牲にして自らの野心に賭けた。通常三年のところを二年で、エジプト空軍に入隊することができ、自ら志願してソ連に行き重爆撃機の操縦を学んだ。その必死の努力が実る日が来た。一九七三年、彼は四五歳で空軍元帥に任命された。第四次中東戦争がこの頃勃発し、激しい戦闘の洗礼を受けた。志の高いムバーラクはこれをチャンスと捉え、持てる力を存分に発揮した。スエズ運河に接近した敵国イスラエルに奇襲をかけ、圧倒的な勝利を収め、エジプトの歩兵師団はこの地域の支配権を取り戻した。サダト・エジプト大統領はこの「勇敢で英雄的で輝かしい行為」を褒め称えた。最終的にエジプトは戦争に負けたが、ムバーラクの勝利のお蔭で面目を保った。ムバーラクは国民的英雄になり、政治の世界に飛び込んだ。一九七五年エジプト副大統領に就任した。一九八一年一〇月、イスラム主義者による銃撃でサダトが殺され、ムバーラクの念願がとうとうかなった。暗殺事件からわずか一週間後、ホスニー・ムバーラクは五三歳でエジプト大統領に選出された。候補者は彼しか

ムバーラクとエジプトのサダト大統領（1981年）

いなかった。

❖——優しいけれど遠い父

ムバーラクは自分と同じ道を息子たちにも歩ませようと懸命だった。この方針を常に掲げ、アラーとガマールに、父である自分のさらに上を行く可能性を与えようとした。ムバーラクは、自分を最高の地位に就かせようと田舎の父がどれほど苦労したかを片時も忘れなかった。彼は父から学んだことを引き継いだ。父親は強くなければならない、一家の大黒柱なのだと。アラーとガマールはそれぞれ築いた家庭で父として同じ地位を占めようとした。しかし彼らは父親と異なり、子どもたちともっと接するよう努めた。

家庭の外でのホスニーは、抑制のきいた、控えめといっていいほどの独裁者だった。厳格な堅物の軍人そのものだった。彼が用心深く、常に相手との距離をとればとるだけ人からは恐れられた。ムバーラクは冷淡だというのが皆の一致した意見だった。しかし家族に対しては別だった。もちろん息子たちは父の怒りを買うこともあり、時には声を荒げてきつい言葉を浴びせられたが、父は世界中の誰よりも彼らを可愛がっていた。アラーとガマールは父ムバーラクの深い思いやりを受け、彼らに対する父の愛、その包容力は限りなかった。ホスニーは優しい父ではあったが、はるかに遠い存在だった。

父親が息子たちへの愛情表現をすることはめったになく、彼らと直に接する時もあまり感情をあらわにせず、父の冷静さは個人的な場面でも変わらなかった。真綿にくるむように大事に育てられながらも、アラーとガマールは普段父親がいないことを寂しく思った。人から崇められる権力者、なかなか目の前に現れない父をアラーとガマールは雲の上の人と思うようになった。

一九六〇年代初めに彼らが生まれた時から、ホスニーはヘリオポリスで王侯貴族のごとき贅沢をアラーとガマールに味わわせてきた。「太陽の町」ヘリオポリスはカイロ北東部の新興高級住宅地で、エジプトの大富豪たちがこの町に豪邸を構える。ムバーラク家は大統領官邸に住まず、世界の大物御用達の高級ホテルや邸宅がひしめくなかにある、近くの私邸に住んだ。息子たちはカイロのキリスト教系の一流大学セントジョージ・カレッジに進学した。そこではアラビア語より英語を話すことが多く、エジプトの富豪の息子であろうと亡命者であろうと同じ学生として付き合った。ホスニーは息子たちにスポーツをするように言い、どんな分野でも果敢に挑み、闘志を発揮するよう励ました。母スーザーンは普段から息子たちに、礼儀作法や上流階級らしい教養を身につけさせるよう努めた。祭事、スポーツ、アメリカへの語学留学はその一環だった。彼らはどんなこともやらないわけにはいかなかった。スーザーンが独裁者の模範的息子にふさわしく、必要なものすべてをあてがった。

ホスニー・ムバーラクが権力を握ったとき、アラーとガマールはそれぞれ二〇歳と一八歳だった。ムバーラク家の子どもたちは突然エジプト一立派な花婿候補となった。二人は若く聡明でアングロサクソン式の教育を受けていた。人生は彼らのものだった。世界も、いや少なくともエジプトは彼らのものだった。二人の権勢欲に限りはなかった。

❖——似て非なる兄弟

スーザーン・ムバーラクは家族の中でなくてはならない存在だった。彼女は常に夫に対し大きな影響力を持っていたが、子どもに対してもそうだった。よく言われることだが、エジプトの母にとって「家族の最後の葡萄の粒はとびきり甘い」。言い換えれば、末っ子は得てしてママのお気に入りということだ。この法則はムバーラク家に完璧に当てはまる。ガマールは母親に溺愛された。素朴な田舎の生活への憧れを徐々に失う一方、スーザーンは母国の文化に常に強い関心を寄せていた。ガマールの政治家としての将来にも賭けていた。スーザーンはアラーの目立ちたがらない性格をすぐに見抜いた。ガマールの方は母親似で、カリスマ性があり、社交的で野心的だった。その上ガマールはイギリス国籍を保持することに決め、カイロのアメリカ系の学校で高等教育をすべて修了した。見た目が母親ゆずりのガマールは、地中海風というよりヨーロッパ風の目鼻立ちだった。近寄りがたいが繊細な顔立ちのアラーは父親と同じくロバート・デ・ニーロ風のごつごつした体つきだった。

ムバーラク家の息子は二人とも軍務に就かなかった。ガマールはビジネスを学んだ後、ロンドンのバンク・オブ・アメリカに就職した。アラーはカイロに残って働くことにした。一九九〇年代初めのエジプトで、三〇歳のアラーは同族登用と汚職で身を養っていた。国中の笑いものと言ってよかった。その金銭欲、国家経済の私物化への深い関与は周知のことだった。カイロではまるでシンボルのごとく、カフェや店のレジのそばにアラーの顔を描いたポスターが貼ってあることが多かった。

アラーは父や弟のように政治の道に入ることもなかった。彼は政治より、金儲けを選んだ。何より彼自身の意志による選択だったし、彼は偏屈で人前に出ると落ち着かなくなるという噂が立っていた。弟に比べてはっきりしない性格で、目立たないというより冷淡に近く、メディアにほとんど登場しなかったアラーは、革命のときも弟ほど憎しみを受けなかった。ガマールに比べ感情を出さないアラーは弟の出世を気に病むこともなかった。長男である自分の功名心がムバーラク家の家庭生活に弊害をもたらさないようにすることが、彼にとっては最も大事だった。

左から、ムバーラク大統領、息子のアラーとガマール、妻スーザーン。ガマールの卒業式(© EPA / FAROUK IBRAHIM / MAXPPP)

❖——父そして母の支援

ガマールはロンドンから帰国すると、たちまちアラーを押しのけるように仕事をした。イギリスの一流ビジネススクール仕込みのやり方で周囲を圧倒し、エジプトの腐敗に容赦なくリベラリズムを持ち込んだ。この意味でガマールは、アメリカかぶれしたエジプト人のエリート路線をまっしぐらに歩んでいた。ホスニー・ムバーラクは次男が経済の自由化を進めることには賛成だったが、あくまで国家の統制が及ぶ範囲であってほしかった。つまり大きな規制を取り払うという程度にとどまった。エジプトの若手投資家に思い切った仕事をさせるため、ガマールは民間投資会社や次世代育成を目的とする財団を設立した。

ムバーラクは妻ほどはっきりと思ったことを口にしなかったが、ガマールを信じている点では同じであり、次男の優れた能力を何かにつけ褒めそやした。ウィキリークスが公開した、非公式の外交会談の情報によると、ホスニー・ムバーラクは次男が総領に相応しい資質を備えていると述べている。すなわち完璧主義だ。「次男が子どもの時、私が与えたノートの線が一本だけ真っ直ぐ引かれていなかった。彼はかっとなって新しいのを頂戴、と言った」とムバーラクは語った。こうした我が儘だけでなく、自分の生真面目な性格が次男に伝わっていることをムバーラクは喜んでいる。次男は「理想主義者」だと言いながらも、その几帳面さはただものではないと、ムバーラクは強調した。「一四時に昼食の約束をしたら、とにかく一四時なのだ。時計を正確に合わせておいた方がいい」。父親の目から見て、ガマールには後継者の資質が備わっていた。彼は将来支配者になることを夢見る権利があった。最高の地位、すなわち大統領になろうと心に期していた。しかしその前に、政界に入り、体制の救世主とならねばならない。

一九九五年六月、エチオピアのアディスアベバで起きた、エジプトのイスラム集団によるムバーラク暗殺未遂事件は、本人にとって晴天の霹靂に等しかった。ムバーラクは独裁者という自覚がなかったし、独裁政治を行なうつもりはさらさらなかった。もちろん抑えつけるべき反体制派は存在したが、彼らは比較的大人しかった。その上、大統領選では常に八〇パーセント以上の得票率で、善良なる民によって選出されているではないか。アディスアベバの襲撃事件をきっかけに、ムバーラク体制は個人的権力の強化が急速に進み、ムバーラク家はエジプト経済を専制的に支配するようになった。

一九九九年、母親のスーザーンが、ガマールを積極的に支援し、政権与党である国民民主党（NDP）の幹部に据えようとした。しかし、政界だけでなく国民からも鋭い批判が母子に向けられた。ガマールはとりあえず入党するだけにし、父親の古参の側近に身の潔白を証明した。二〇〇〇年代半ば、今度もスーザーンの意見に従い、ホスニーは息子を正式に党機関の中枢ポストに就かせた。妻の助言の的確さは身に染みていた。

❖——「改革反対、世襲反対」

内閣の改造、党の変革が進むなか、ガマールは政治体制の中心に置かれ、父親に代わって外交政策の任に当たった。しかし問題が二つあった。カイロの上流階級出身のガマールは、地方の人脈に恵まれず、影響力を広範囲に及ぼすことができなかった。また彼は非常に評判が悪く、人望を失うばかりで、エジプト人に嫌われていた。エジプト経済の利益を吸い上げ、利権狙いの支持者と山分けする、ムバーラク政権の馬鹿息子、偽改革者と思われていた。まさに独裁者の息子そのものだった。ホスニー・ムバーラクが息子の政権継承を決して表向きに後押ししようとしなかったのは、そのイメージが悪すぎることと、軍隊さえも彼に面と向かってそれを言えないでいることに気づいていたからである。

二〇〇五年、四二歳のガマールは攻めに出た。ホスニー・ムバーラクの横で、彼は存在感を発揮しようとした。体制の開放と近代化を叫ぶ、エジプト政治の「新風」の象徴でなければならなかった。彼は父のイメージを刷新し、再選を目指してアメリカ式の大統領選挙運動を繰り広げた。有力者たちは冷ややかな態度を示し、保守的反対派は「改革反対、世襲反対」なるスローガンを考え出した。これ以上はっきりした反対表明はなく、また別の戦略をしかける必要が生じた。ムバーラクは国民投票によって憲法を改正し、［単一候補に対する信任投票ではなく］複数政党からの候補に対する直接選挙を開始した。それ以来、大統領選は普通選挙で行なわれた……表面上は。

ガマールは欧米のメディアの前ではこの柔軟策を支持した。エジプトの民主主義の擁護者代表として前面に立った。ガマールの勢力が強くなったことはメディアの扱いにも感じられ、登場回数が増え、父と一緒のこともあれば一人のこともあった。大統領の公式写真に写ることも多くなり、いつも父の近くにいて、今にも交代しそうな気配だった。ガマールはムバーラク政権の象徴であり、近代化の推進役だった。空飛ぶ絨毯に乗っているように、彼はあちこち顔を出し、大物たちにいつも丁重に迎えられた。

✣――後継者の素質とガマール

しかしながら、申し分ない花婿候補であるにもかかわらず、札付きの女たらしというわけでもないのに、彼のハートはまだ誰のものでもなかった。とはいえすでに四十路に入った王位継承者ガマールは、是非とも妃を迎え国民に披露せねばならなかった。二〇〇六年、四三歳になったガマールは、ようやく腹を固めた。エジプトの大物実業家、マフムード・エル＝ガマルの娘とついに結婚した。当初、美しい婚約者の父は二の足を踏んでいた。ムバーラク家もそれを察していた。マフムードはこの先どんな問題が生じるか案じていた。娘はガマールより二〇歳も若く、ガマールは有力者とはいえ、あまり世間の評判がよろしくない。しかし美人のブロンド娘は夢中だった。父はとうとう折れ、ガマールとの結婚を許した。シャルム・エル＝シェイクで挙げられた簡素な結婚式は華燭の典とはほど遠かった。ガマールは計算ずくでこうした地味な結婚式にしたのであり、以前とは違う庶民的なイメージを広めようとねらっていた。ホスニー・ムバーラクは息子のしたいようにさせ、遅い結婚にほっとしてさえいた。ガマールはホモセクシュアルではないかという噂が広がっていたからだ。その年、ガマールはワシントンでジョージ・W・ブッシュと会談した。世界一の大国で、父親の名代を務めたのである。この二つの出来事によって、ガマールが近いうちに父の後を継ぐことが公然のこととなった。

それとは別個に、二〇〇八年、ガマールはカイロの非常に大規模な都市計画、「グランド・カイロ二〇五〇」に着手した。国連とアメリカに支援されているこの新しい「ガマール式」発案は、カイロを本格的に改造し、無秩序な開発に歯止めをかけ、現代的で持続可能な大都市に変貌させようというものだ。プロジェクトはガマールの野望と同じく壮大だった。メッセージは明快である。このプロジェクトからはっきり見て取れるのは、カイロ人が受ける恩恵だけでなく、二〇五〇年を見据えたエジプトの長期的展望に本格的に取り組もうとする彼の意欲だった。一九九五年から二〇一一年まで、ガマールの積極的な主導が功を奏し、彼の世襲が紛うかたなく神の摂理であることを国民と軍隊に浸透させながら、徐々にエジプト的スーパーヒーローに変身していった。

ムバーラクの息子の金融支配

見かけとは裏腹に、ムバーラクの金融支配は必ずしも理想的な存在基盤を持っていなかった。スーザーンとホスニーは富裕層の出身ではなかったし、権力の座に就いたとき、ムバーラクは国を挙げて大々的な汚職撲滅運動を行なったくらいである。権力者となってから一〇年ほどは、家庭の暮らしぶりも少なくとも見かけはかなり質素だった。家族はまだ金銭欲とは無縁だった。一〇年経つと、二人の兄弟が触手を伸ばし始め、一家の経済事情は急速に進展した。

ムバーラク兄弟の金融投資総額の評価はいまだに難しい。彼らは間違いなく父親のコネを利用してきた。二〇歳になるや、彼らは主にロンドンやカイロでネットワーク作りをすることができた。スイスを初めとするヨーロッパの銀行に財産を預け、ニューヨーク、パリ、ペルシャ湾沿岸の新興国の不動産に投資した。彼らはとにかくかなりの高級志向だった。パリの真ん中、八区のリオデジャネイロ広場にある私邸などはまさにその証拠だ。数階建てで、部屋は広々としており、フランスの大富豪もうならせるほどの豪邸だ。ロンドンのガマールの大邸宅も目もくらむ豪華さだ。ベルグラヴィアというロンドン中心の高級住宅街、ウィルトン広場二八番地にある。ガマールはここが気に入り、妻や小さな娘ファリダと共に数日間過ごしていた。

アメリカの有名な経済誌『フォーブス』によると、ガマールは父ムバーラクより富裕だという。ガマールの資産は少なくとも一七〇億ドルあると見積もられたのに対し、ホスニーは一五〇億ドルあるかというところだったらしい。二〇一一年にムバーラク一族が解任されたとき、一家の財産は四〇〇億から七〇〇億ドルという天文学的数字であり、世界でも指折りの大富豪に入る勢いだった。もっとも、この数字は確認しようがなく、信用はできない。ムスリム同胞団が権力を失い軍が政権復帰する直前の二〇一三年六月、エジプト検察庁はムバーラク家の資産を改めて評価した。総額は見事に一〇億ドルに下がっていた。エジプトを三〇年間支配した独裁者にしてみればいささかがっかりの額だ。しかし忘れることなかれ、当初ムバーラクは汚職撲滅作戦の旗振り役を自任していたのだ……。

✣――息子たちを道連れに失脚

ホスニーが弱気になるのは家族に何かあったときだけだった。それはムバーラク政権末期に起きた。まず二〇〇九年、アラーの二人の息子のうちの一人、孫のムハンマドが死んだ。わずか一二歳だったその子は重い病気にかかり、フランスの病院にて脳出血で亡くなった。ムバーラク大統領が非常に可愛がっていた子だった。初孫で、将来ムバーラク家を背負って立つはずだった。孫を失いすっかり打ちひしがれたムバーラクは、カイロで執り行なわれた葬儀に出席する気力もなかった。この悲しい出来事以来、ムバーラクは自分を「生ける屍」だと称した。二つ目の出来事は二〇一一年の革命の時に起きた。息子たちが逮捕され、妻も仮拘禁されたのである。自身の失脚より、息子たちが容疑者になったことに彼は怒り狂った。ムバーラクは常に息子を守るためなら何でもしてきたが、いかんせん預言者故郷に容れられず。ムバーラクも例外ではなかった。

アラブの春はエジプトにも波及し、国外だけでなく国内においてもムバーラクの支配権はあっけなく崩壊した。経済低迷が主な動因だったが、政権機構全体に激しい批判が浴びせられた。一〇年間で、ガマール・ムバーラクの政治権力の増大は誰の目にも明らかだった。エジプトの革命派の若者たちは、権力の世襲が定着することを恐れた。ムバーラク派の急先鋒によってエジプトが徐々に蝕まれていくことを憂えた彼らは最後の手段に出る決意を固めた。革命のさなか、ホスニー・ムバーラクが譲歩を見せ、内閣刷新を受け入れたとき、人々の真意は明らかになった。ムバーラクを即刻辞任させることだった。国を立て直すにはそれしかなかった。

結果は明白だった。ムバーラクが一族出身ではない副大統領を任命したため、ガマールの尽きせぬ野望、すなわち二〇一一年九月の次期大統領選出馬への道はあっさり絶たれた。つまり父は「ガマール・ボーイズ」を政府から外したのである。ガマール退場、国民は雀躍した。ムバーラクがあえて副大統領を指名することなどそれまでなかっただけに、その意味は重かった。ムバーラク家の者しか後継者になれないはずだったのだ。息子の名目上の追放は父親が政治家として終わったことを意味した。ムバーラク体制の軍の長老幹部らにしても安泰ではなかった。やることなすこと西洋かぶれで横柄なガマールを彼らが進んで担ぎ上げようとしたことなど一度もなかった。自分たちの勢力を保つには、ガマールの追放が必要だった。軍はガマールの台頭を阻止するためにムバーラクの退陣を受け入れた。二〇一一年二月一八日、ホスニー・ムバーラクは副大統領に権限を委譲した。

ホスニー・ムバーラクの失脚から二か月経った二〇一一年四月、二人の息子は拘束された。それ以来アラーとガマールの居場所は、カイロ南部のトラ拘置所と法廷のどちらかだ。法廷での模様は逐一報告されている。肥やし続けた私腹だけでなく、父親の栄光の代償を息子たちは払っている。いつか彼ら二人、あるいは二人のうち一人が権力を手にするはずだったのだが。

――諦めきれないガマール

彼らが逮捕されてから三年経った。二〇一四年現在、ムバーラクの子どもたちは依然として拘束されている。五三歳のアラーと五一歳のガマールは今やエジプトにとって何者でもない。二人は気力を失っている、と看守の一人は匿名を条件に明かした。「命じられたことは何でもやるが、声はまったく出さない。彼らは精神的に完全に参っているとしか思えない」とニューヨーク・タイムズに述べている。大統領候補だったはずのガマールの方が大きな打撃を受けているらしく、体重が大幅に減り不眠症で、よく一人でいるという。白い囚人服を着たアラーとガマールは、贅沢な食事を出されても一向に元気にならない。拘束中でも許可されているので、高級ホテル、フォーシーズンズに注文しているのだが。外国企業に経済的提携を強要し、二〇一一年二月二日、カイロのデモ行進に対し「ラクダの戦い［六五六年に起きたイスラム教徒同士の戦いをもじった呼び名］」を企てた嫌疑で、二人は最低でも懲役二〇年を科せられる可能性がある。

拘束され心身ともに衰えた父ムバーラクは我が子の境遇について常に報告を受けている。自分が投獄されないことをひたすら望んでいるが、息子たちを救ってやりたい気持ちの方が先立つ。二人の解放を今も待ち望んでいる。結局、ムバーラク時代の軍の幹部たちはカイロに戻った。アル＝シシ国軍総司令官の大統領就任はムバーラク家にとって朗報かもしれない。二〇一三年から、ムバーラク家の裁判の状況が次第にメディアで伝えられなくなり、忘れられようとしているかのように目立たなくなった。軍は没落した兄弟より、ムスリム同胞団の動向を注視し、攻撃している。だとすれば父ムバーラクが息子たちの釈放を信じるのも無理はないかもしれないが、余生はその日を待つためにだけ費やされるのだろうか。まだ彼らは沢山の嫌疑をかけられており、八五歳の病身のムバーラクは余命いくばくもない。

大衆は見事にムバーラクに打ち勝ち、ファラオの墓は封じられたも同然だ。父親の墓のそばに、エジプト人たちは二人の息子の墓を作った。革命派は、ムバーラク政権時代の蓄財はエジプトとエジプト国民に返されるべきだと主張している。ムバーラク一族は落ちるべきであり、ムバーラク帝国は崩壊の道しか残されていない。しかしたとえ民衆から呪われていようと、後継者を甘く見てはならない。ガマールとアラーが父から受け継いだムバーラクという名前は、アラビア語で「祝福された者たち」という意味なのだ。

訳者あとがき

本書は、二〇一四年一〇月に刊行された*Enfants de dictateurs*の翻訳であり、二〇世紀の歴史を悲劇で覆い尽くした独裁者の子どもたちが、どのように生を受け、育ったか、そして父親が権力の座を追われた後どう生きたかに迫ったものである。

監修者の一人であり毛沢東の章の著者でもあるジャン＝クリストフ・ブリザールは、本書を「大きな歴史の小さな物語」だとインタビューで語っている。

徐々に、あるいは急速に組織の中で昇進し、権力基盤を固めていく父親の下で、子どもたちは人々の熱い視線を浴びると同時に執拗な監視も受けた。過度に持ち上げられもすれば不当に貶められもした。彼らの誰一人として、最高権力者を父に持つことの不自由さから逃れることはできなかった。いや不自由を味わうどころか、彼らのほとんどが心身を蝕まれている。特に息子たちは、幼いうちから後継者と見なされたせいか、肉体的にも精神的にも負担は大きかった。戦地に送られ、非業の死を遂げた者もいる。スターリンは息子ヤーコフが独ソ戦で捕虜になったとき、スターリングラード攻防戦でソ連軍の捕虜となったドイツの元帥と交換で解放するという申し出をにべもなく断った。毛沢東の息子たちは幼少時に父に棄てられ、再会後もよそ者のように扱われた。息子の戦死に毛は何の動揺も見せなかった。サダム・フセインは教育と称して十代の息子たちを処刑に立ち合わせた。息子たちは父が意図した以上に、拷問のやり方を覚え、他者の苦痛に対する無感覚を身につけた。

その一方目につくのは、政治的野心を持たなかった娘たちの逞しさだ。スターリンの娘スヴェトラーナはひたすら生き延びることを求め、アメリカに亡命した。『友への二〇の手紙』と題した詳細な回想録も書いている。夫の助命を拒んだ父ムッソリーニと絶縁した娘エッダもやはり回想録を残した。フランコの娘カルメンシータは今なおフランコ一族の中心であり、父親に関する本を出版することに積極的だという。チャウシェスクの娘ゾヤも獄中生活という辛酸のなか、自分に宛てて、あるいは同じく獄中にいた夫に宛てて、投函しない手紙を書き続けた。彼女たちは類のない運命に苦しみながらも、したたかに立ち上がる勇気があったように思える。書くことは自らの境遇を冷静に捉えなおすことだからだ。

しかしいずれにせよ、そこに至るまでの道のりは苦難に満ちたものだった。父親が権力の座にあるとき、どれほど贅沢三昧に暮らし特権を享受したとしても、独裁者の子どもたちに本当の自由はなく、いびつな精神的成長しか許されなかった。父親が失脚した後は、手の平を返すような人々の仕打ちと報復が彼らを待っていた。悪政のために命を奪われた無数の無辜の人々はもちろんだが、彼らもまた独裁政治の犠牲者であり、痛ましく思えてならない。

なお紙数の関係で、原著のうち、ハイチのデュバリエ、イランのパフレヴィー二世、チリのピノチェト、中央アフリカのボカサ、ベラルーシのルカシェンコの章を割愛した。

末筆ながら、本書の訳出にあたり、原書房の百町研一氏には一方ならぬお世話になりました。また、スタジオ・フォンテの赤羽高樹氏、日本ユニ・エージェンシーの小山猛氏、桐生歩氏に仲介の労をお取りいただきました。この場を借りて皆様に厚く御礼申し上げます。

二〇一五年一一月

清水珠代

著訳者略歴

［著者］

ジャン＝クリストフ・ブリザール
Jean-Christophe Brisard
［序文｜第4章・毛沢東］

報道記者。二〇年来地政学を専門としている。約一〇年間、ナショナル・ジオグラフィックに勤務。二〇〇八年から、フランスのテレビ番組で主に独裁政治（中国、北朝鮮、トルクメニスタン、リビア等）についてのルポルタージュやドキュメンタリーを手掛けている。

クロード・ケテル
Claude Quétel
［序文］

歴史家。カーン歴史博物館の元学術部長。

カタル・アブ・ディアブ
Khattar Abou Diab
［第9章・フセイン］

地政学的展望会議座長。パリ第一一大学で教鞭を執る。中東向けラジオ局モンテカルロ国際放送の論説記者でもあり、中東、地中海、イスラム世界の専門家。

バルトロメ・ブナサール
Bartolomé Bennassar
［第3章・フランコ］

歴史家。トゥルーズ大学ジャン・ジョレス校現代史名誉教授。スペイン近現代史の専門家。小説家でもあり、*Le Dernier Saut*（邦題『最後の栄光』）は一九七〇年に映画化された。

アルノー・デュヴァル

Arnaud Duval ［第7章・金正日］

ベトナム、北京、上海と、アジアに約一五年間在住。アジア全域を取材し、近年の経済発展・社会変動を実地に見聞している。

フレデリック・アンセル

Frédéric Encel ［第10章・アサド］

地政学博士（HDR＝研究指導資格所持者）、パリ政治学院准教授。中東に関する著書多数。

マリオン・ギュイヴァルシュ

Marion Guyonvarch ［第5章・チャウシェスク］

歴史学、政治学を学び、二〇〇四年エコール・スペリウール・ド・ジュルナリズム・ド・リールを卒業。ウエスト・フランスに勤務後、二〇〇五年末よりルーマニアに住み、『エクスプレス』、『ウエスト・フランス』、ラディオ・フランス・アンテルナシオナル、ラディオ・テレヴィジオン・ベルジュ・ド・ラ・コミュノテ・フランセーズ（ベルギー公共放送）に寄稿。二〇一二年フランスに帰国し、フリーの記者として『サ・マンテレス』、『ラ・ヴィ』、『スティリスト』などの雑誌に寄稿。

ヴァンサン・ウジュ

Vincent Hugeux ［第8章・モブツ｜第11章・カダフィ］

『エクスプレス』の報道記者。アフリカを中心に取材している。二〇〇五年バイユー戦争報道特派員賞、二〇一三年海外報道協会（APE）グランプリを受賞。エコール・スペリウール・ド・ジュルナリズム・ド・リール、エコール・ド・ジュルナリズム・ド・シアンスポで教鞭を執る。

アンヌ＝クレマンティーヌ・ラロック

Anne-Clémentine Larroque ［第12章・ムバーラク］

パリ政治学院国際問題会議座長。歴史家。アラブ・イスラム世界および地政学が専門。

ハコボ・マチョヴェ

Jacobo Machover ［第6章・カストロ］

一九五四年、ハバナ生まれ。フランスに亡命した。アヴィニヨン大学で多くの会議の座長を務め、『ラウルとフィデル』という著書がある。エッセーの他、自伝的小説『天国からの亡命』

（フランソワ・ブラン社から刊行予定）を執筆。革命伝説の虚偽を暴き出し、キューバに真理と自由を取り戻すべく尽力している。

ミシェル・オスタン
Michel Ostenc
［第2章・ムッソリーニ］

アンジェ大学名誉教授。ペルージャ大学、ジェノバ大学でも教鞭をとった。現代イタリア史が専門で、フランス語、イタリア語の著書や論文多数。博士論文は『ファシズム時代のイタリアにおける教育について』。近著に『チャーノ――ムッソリーニの婿』（ペラン社刊、二〇一四年）。

ラナ・パルシナ
Lana Parshina
［第1章・スターリン］

モスクワ出身。一八歳で渡米し、通訳、ジャーナリストとなる。現在世界を旅してドキュメンタリーや映画を制作し続けている。

［訳者］

清水珠代
Tamayo Shimizu

一九六二年、京都市生まれ。一九八五年、上智大学文学部フランス文学科卒業。翻訳家。訳書に、フレデリック・ルノワール『生きかたに迷った人への20章』（柏書房、二〇一二年）、ヴィリジル・タナズ『チェーホフ』（共訳、祥伝社、二〇一〇年）、フレデリック・ルノワール『ソクラテス・イエス・ブッダ――三賢人の言葉、そして生涯』（共訳、柏書房、二〇一一年）、ディアンヌ・デュクレ『女と独裁者――愛欲と権力の世界史』（共訳、柏書房、二〇一二年）などがある。

独裁者の子どもたち
スターリン、毛沢東からムバーラクまで

二〇一六年一月二九日　初版第一刷発行

著者──ジャン＝クリストフ・ブリザール＋クロード・ケテル
訳者──清水珠代
発行者──成瀬雅人
発行所──株式会社原書房
〒一六〇－〇〇二二　東京都新宿区新宿一－二五－一三
電話・代表〇三－三三五四－〇六八五
http://www.harashobo.co.jp
振替・〇〇一五〇－六－一五一五九四
ブックデザイン──小沼宏之
印刷──新灯印刷株式会社
製本──東京美術紙工協業組合

ISBN978-4-562-05275-2
Printed in Japan